亦

舒

作

品

亦舒
- 作品 -
38

一千零一妙方

CTS
湖南文艺出版社
HUNAN LITERATURE AND ART PUBLISHING HOUSE

博集天卷
CL-BOOKY

一千零一妙方

目录

一千零一妙方

壹·

一个人想生活得舒适，
首先，要他愿意过舒服的日子，
放开怀抱，无欲无求。

唐隽芝睡到心满意足才醒来，伸个懒腰，不由得舒畅地高声说："此真乃吾之得意之秋也！"

自问对名、对利、对人、对事要求都不算低的她，不禁哈哈笑了起来，看看钟，下午三时整。

披上浴袍，梳洗完毕，穿过雪白的厅堂，走进雪白的厨房，三点了，喝香槟也不算太早了，于是准备冰桶，把酒瓶放进去。

她伸过懒腰，窝进软绵绵的大沙发里，刚在考虑是否继续做一阵子白日梦，电话铃响了。

"隽芝，隽芝，关掉录音机，快来听电话。"是二姐翠芝。

隽芝斟出香槟，不慌不忙，按下通话钮，"又有什么事？"

"无耻，刚起床？"

"不要妒忌他人的幸福，他人的幸福亦靠双手赚来。"

"少废话，我有事求你。"

"哗，求我还这样凶巴巴，我求你时，不堪想象。"

"隽芝，一个用人跑掉，另一个用人靠不住，明天我同菲菲去报读幼儿班，按例见一见校长——"

"不行，"隽芝立刻截断姐姐，"你自己任职教育界，应走后门，搭通天地线。"

"你还是阿姨不是？"翠芝动气。

"我同你打电话去医院找特别看护。"

"三小时，我只要你看住华华三小时。"

"翠芝，人贵自立。"

"父亲临过身怎么说？叫我们友爱，记不记得？叫我们友爱！"

隽芝问："你夫家的人呢？"没生的时候，天天问嫂子几时生，生了下来，装聋作哑，天底下最可恶的是这班人。

偏生有二姐这等笨人，堕入此类彀中，万劫不复。

"你别管别人，你帮不帮我？"

隽芝悻悻："我若也有家累，比你们穷，比你们忙，看你们找谁救命。"

"明日下午两点。"翠芝说。

"你家，不准上我公寓，上次大姐家那三害打破了我几只水晶杯，配来配去配不到。"隽芝到今日尚在懊恼。

"我家，准时！"

真要命，两家人，五个孩子，地球就是被这干人吃穷的，完了像唐隽芝这样无辜的独身人多用一张白纸，都被环保主义分子斥责糟蹋能源。

隽芝放下杯子，返公司开会。

这样时分返公司？

不不不，别误会，唐隽芝并非某日式夜总会的红牌小姐。她是宇宙出版社的成员，换句话说，唐隽芝是写作人。

准确点来说，她是新进写作人，那意思是，她加入这个行业才三年。

写作是一份奇怪的职业，岁月一下子被蹉跎掉，写了十年八年也还算新入行，因为资深作者往往已经写了超过四分之一世纪。

格子稿纸中另有天地，一耽进去，便挪不出来，也就在那里成家立室，生根落地。

在这之前，唐隽芝还是个职业时装设计师，在英国一所小工业学院念了张纺织及设计文凭，回到本家，在某厂找到份设计工作。

怎样开始写作？

一本时装杂志找她做访问，她的意见非常独到，谈吐幽默讽刺，记者交了稿，编辑阅后印象深刻，考虑了三几天，亲自拨电话给唐隽芝。

"可愿替我们撰稿？"

隽芝这可怜的半假洋鬼子连什么叫作撰稿还没弄清楚，张大嘴。

她还是约见了宇宙出版社名下的《银河妇女》杂志编辑莫若茜。

老莫是隽芝的恩人。

是她发掘了隽芝的写作及漫画才华。

老莫为隽芝拟定的题材非常奇突，不是小说，也不是杂文，而是讽刺小品文，第一个专栏，叫《怎么害惨你的顾客》，并且亲画插图。

文字道尽一个时装设计师逐日被逼向商业世界妥协的心酸，例一：体重七十公斤的中年阔太太走进店来，硬是要定做十八岁苗条模特儿身上之露胸玫瑰红晚服，做，还是不做？

与其害惨自己，不如害惨顾客，唐隽芝用黑色幽默演绎了她待人接物接生意的心得。

写了两年，十分受欢迎，读者们往往告诉编辑说笑得眼泪掉下来。

莫若茜觉得一个作者能叫读者哭或笑都是难能可贵之事，便把隽芝推荐给宇宙另一个附属机构星云丛书。

单行本出版时易名《虐待顾客一百妙法》。

可能不是每一个读者都有职业，都必须每日面对顾客，该小书销路平平。

唐隽芝第二个专栏才真正叫编者及读者拍案叫绝。

它叫《抛弃伴侣两百妙方》。

这是人人都有共鸣的一个题材，单行本的销路好得离奇，好得引起书评人注意，好得替唐隽芝带来一笔小小财富。

隽芝写得很有技巧，名为抛弃伴侣，实在是写万一被对方抛弃之后应该如何维持自尊及更坚强地生活下去。

书评毁誉参半，有人斥之为"胡闹"，又有一部分人踌躇地问"这还算文艺创作吗？"，但许多年轻人表示他们喜欢这种文体。

隽芝备受注意是事实。

在妙方与妙方之间，隽芝又写了两本小说。

她决意辞掉朝八晚十的设计工作，改为按件收费，租了套宽大的公寓，把其中两个睡房打通，辟为工作室。

自去年年初起，她的工作时间自由浮动，收入也随之涨落，照说没有太大的安全感，但隽芝却像完全找到她的人生目标，乐不可支。

走到出版社，好似回家，十分有归属感。

她对自己说："我天生属于这个地方，这个行业。"

唐隽芝当然知道她距离成功大抵还有十万八千里路，

她此刻所拥有的，不过是一个好的开始。

她走进会议室，莫若茜已在等她，还有一位要员，是星云丛书的负责人区俪伶。

寒暄过后，区俪伶开门见山："大作家，听听你的出版计划。"

区俪伶是个八面玲珑的聪敏女，玻璃心肝，水晶肚肠，逢人均称大作家，街头摆档帮人代写书信者在内。

老莫性格则大大不同，当然，她也不会是轰炸机，冲天炮，见谁与谁抬杠，乱得罪人，却随时有老实话听。

隽芝一听这个问题，即时收敛游戏人间之姿态，眼观鼻，鼻观心。

真惆怅，多大的作家还得写，当意之秋顿时逊色。

"大作家，"区俪伶微笑着步步紧逼，"我要给上头递计划书，阁下打算在未来的十二个月内出版多少部著作？"

隽芝也只得笑："我还以为写作是自由职业。"

莫若茜也哈哈大笑："最不自由的，便是自由职业。"

区俪伶问："三本，四本？"

"四本比较折中，上两年的成绩那样好，要乘胜追击，是不是，隽芝？"

"是，是。"

"这四本书，我希望起码有一本是妙方系列，"区俪伶停一停，"销量最好，最受欢迎。"

莫若茜也说："银河杂志很乐意马上开始连载这一稿。"

隽芝咕哝："妙方，哪儿来那么多妙方？"

区俪伶看着她，笑容越来越浓，"我们当然没有，大作家一定胸有成竹"。

说到此处，秘书忽然推门进来，区俪伶不悦地抬起头："我在开会，说过不见客。"

秘书连忙答："区小姐，洪霓来了。"

区俪伶一听这两个字，马上丢下手中纸笔，一声"失陪"，便跳起来前去招呼，且一脸笑容。

隽芝肃然起敬问："洪霓，大作家？"

莫若茜点点头："是，洪霓真的是大作家。"

怪不得区俪伶要撇下这一边芝麻绿豆会议前去那边迎接，相形之下，小巫见大巫。

隽芝一点都不怪她，这世上哪里有众生平等论，人当然以社会功用的大小来定等级，真的大作家一现身，滥竽充数的大作家自然要避一避，有朝一日唐隽芝同人家一样大了，一样可以享受到特权。

隽芝当下并没有自卑，亦并无眼红。

"洪霓此刻仍是你们台柱？"

"听说刚续了约，嗯，说说你这一笔，新连载几时开始？"

"妙方，"隽芝摊摊手，"我还有什么妙方？"

"怎么没有：化丑为妍妙方、长春不老妙方、步步高升妙方、浑水摸鱼妙方、投机取巧妙方……要多少有多少，都可以传授给读者。"

隽芝不语，老莫不愧是编辑，主意之多，无出其右。

过一会儿她说："我回去动动脑筋。"

"下个月一号交稿。"

"老莫，"隽芝犹疑，"你不觉得这些题材有点无聊？"

莫若茜抬起炯炯有神的双眼看住她："你想怎的，改变作风，文以载道？"

一句话就险些喷死唐隽芝。

"隽芝，练熟一支笔再说吧，插图小品也不是没有地位的，切勿妄自菲薄，各人有各人的路数，各有各的读者，好，会议到此为止。"

她们俩站起来。

"记住，准时交稿。"

莫若茜的脚步这时滑了一滑，隽芝本能地伸出双手搀扶她，这时，老莫亦靠椅背稳定双足。

"你——"隽芝怀疑起来。

莫若茜笑说："谢谢你。"

隽芝看住她的身形，"你要当心"。

"真的，平日打惯冲锋，这下子可要收敛了。"老莫的声音忽然变得极之温柔极之忍耐。

我的天，隽芝想，可怜的母牛，她竟怀孕了。

"几时？"她怔怔地问老莫。

"明年年中。"老莫喜气洋洋。

隽芝呵的一声，接着，哑巴似不知再说什么好，本来她与莫若茜至谈得来，此刻距离骤然拉远，当中一道鸿沟。

一边莫若茜发觉唐隽芝忽然变色，大惑不解："隽芝，你为我担心？"

半晌隽芝才问："是不是意外？"

莫若茜失笑："结婚十年，没有什么是偶然的。"

隽芝连忙低下头："是，我是有点担心，阁下年纪不小了。"

"放心，有专科医生照顾。"

"工作方面呢？"隽芝又替她忧虑。

"哎哟，没有三头六臂，还做现代妇女？当然要设法兼顾。"若茜十分乐观。

隽芝恻然，"你会吃苦的"。

老莫忽然有点醒悟："隽芝，如果我错了请改正我：你可是不喜欢孩子？"

隽芝毫不讳言："是，我不喜欢孩子。"

莫若茜不以为忤，笑道："这倒是难得的，不过，我相信有一天你会改变主意。"

"永不！"

若茜看她一眼，"Never say never"。

她出去了。

留下隽芝一个人在会议室中怅然不乐。

又失去一个朋友。

万试万灵，自此以后，老莫会进入一个狭窄的小世界，仅够母婴两条生命居住，她心中挂着的，只是那个小东西，嘴里所说的，也就是那小家伙，那小人儿霸占了她所有的时间及七情六欲，她根本无暇理会日出日落，只在喂奶与喂奶之间苟且偷生。

隽芝不寒而栗，打了一个冷战。

那样英明神武的一个人……隽芝无限惋惜，本来已经修成正果，百毒不侵，要风得风，要雨得雨，早些时候，隽芝还正同她商量，两人或可结伴到阿拉斯加观赏极光——科学家预测太阳表层在未来一年将极之活跃，太阳风暴粒子吹向地球，与两极磁场接触，当使极光更加灿烂美丽云云。

一切计划都泡汤了，隽芝有种被欺骗的感觉。

好不容易找到一个投契的朋友，太可惜，对于这种被抛弃的感觉，隽芝殊不陌生，两个姐姐就如此离她而去。

结了婚还不怎么样，一怀着外甥，妹妹就沦为陪客：

"隽芝，明日请抽空陪我看妇科。""隽芝，下午我想去采购日常用品。"

医务所一等三数小时，她们翻阅的杂志通通有关妇产科，一幅幅可怕的女性生理图片，逼使隽芝自备小说阅读，目不斜视。

妇女们泰半面无人色般憔悴兼疲倦地轮候，极少由丈夫陪伴。

隽芝几乎想挥舞拳头大声问："男人呢，男人到什么地方去了？"

依然故我地上班下班逛街谈笑喝啤酒吧。

当时只有十多岁的隽芝已经斩钉截铁地向大姐筱芝说："这种事，断不会发生在我身上。"

大姐已累得无暇做出适当反应。

那么说女子至美的时刻乃身为孕妇之际者可得最佳谎言奖。

目睹秀丽的大姐二姐沦落到这种地步，亦使隽芝心痛不已。

隽芝边摇头边叹息地离开出版社。

回到家门，见一婴儿车停放门口，四周围并无大人看守，隽芝趋前两步，只见一小小幼婴，正在踢动腿部，噫，精心的父母，须知所有意外与悲剧，均在刹那间发生。

正想进一步研究，身边忽然闪出另一小小人儿，叉着腰，怒目瞪着隽芝。

隽芝对儿童的年龄不甚了了，猜这黑皮肤、大眼睛的小男孩有三岁左右，只见他伸手护住婴儿车，向隽芝发出警告："这是我弟弟。"

唐隽芝忍不住："嗬，你弟弟，你在此保护他，可是这样？"

小男孩得意地答："是。"

隽芝见仍无大人接近，便出言恫吓这神气活现、目中无人的小孩："好极了，那我就拿一只大麻包袋，把你兄弟二人装进去扛走。"

那男孩已完全听得懂隽芝说的是什么，眨眨眼，拨直喉咙，大哭起来。

隽芝连忙闪进电梯，松一口气。

真卑鄙得到家了，同小小孩童斗起气来。

可是隽芝从来不觉得人之初，性本善，据她观察所得，儿童是至至无礼、自私、残酷、贪婪的一种动物，除非凶过他们，否则就被他们踩在脚底。

是，她不喜欢孩子。

一进门她便接到易沛充的电话。

"约了我六点半，忘记了？"他吃了闭门羹。

"你在何处？"隽芝怪心疼。

"附近。"

"你有门匙，为什么不开门进来休息？"

"主人不在，我一个人呆坐着干什么？"

"快上来吧，我已经回来了。"

隽芝知道他狷介，他有他的原则，这样熟了，一样拘礼，易沛充曾说过，人与人之间最可怕的是混得烂熟，以至毫无隐私，甚至认为两位一体，你的即是我的，导致尊严完全瓦解。

"结了婚呢？"隽芝曾问。

"相敬如宾。"

沛充显然就在附近，他一下子就上来按铃。

隽芝一见他便说："明天下午我要往翠芝家做保姆，我俩娱乐节目告吹。"

沛充见她不胜烦恼的样子，不禁笑道："你看你，你生下来时亦是幼婴，何必讨厌小孩至此，相煎莫太急。"

"我？我才不像他们，"隽芝倨傲地挺挺胸，吹起牛来，"我同维纳斯一样，站在一只扇贝上，冉冉由地中海升起，天女散花，春风拂脸那般出来。"

易沛充存心打趣："你肯定当时无人替你拍照留念？"

"有，摄影师叫鲍蒂昔利 [1]。"

沛充笑道："我爱煞孩子。"

"沛充，所以我俩永远不会结婚。"隽芝懊恼。

"喂，结婚管结婚，孩子管孩子。"

"不生孩子，结婚来做甚？"

"那么，"易沛充同女友玩逻辑游戏，"索性生孩子好了。"

隽芝狡狯地答："但是我讨厌孩子。"

沛充深情款款："我却爱你不渝。"

---

[1] 即 Sandro Botticelli，十五世纪意大利画家桑德罗·波堤切利。

"沛充，你思想虽有偏差，仍不失为一个好人。"

第二天，隽芝准时抵达梁府，翠芝的夫家姓梁，两个小女儿，由祖父取了十分女性化名字，叫梁芳菲与梁芳华。

隽芝这个不成材的阿姨，自然没有放过这两个外甥，分别给她们改了不雅的绰号，菲菲因为爱哭，叫她泣泣，华华在怀中之时，胎动得很厉害，母亲难以安寐，故叫她踢踢。

这时菲菲已有四岁，很知道阿姨时常嘲弄揶揄调侃她，会露出不悦之情，华华小一点，不过也向母亲抱怨过"我不喜欢小阿姨"。

当下按了铃，来启门的是菲律宾女佣玛花，上工已经大半年，仍然像没脚蟹，开洗衣机与晾衣服都教不会，气得翠芝跳脚。

这时翠芝已经打扮定当，小菲菲穿一套水手裙，外形更显得可爱脱俗。

翠芝匆匆忙忙说："司机在楼下等，我们赶时间，华华，阿姨来了。"

她牵着大女的手急急出门。

隽芝暗自叹息，果然，可真由珍珠变了鱼眼睛了，俗不可耐，忙不迭帮女儿报考名校。

隽芝吩咐女佣："给我一杯冰咖啡。"

她看到走廊有小小人影一闪。

"踢踢，"她叫她，"过来，阿姨来看你。"

那小小人儿鼓着腮帮子："我不叫踢踢，我叫梁芳华。"她慢慢走近，面孔像安琪儿。

隽芝故意说："谁叫你爱踢呢？"

小人儿申辩："那是很久之前的事了，那时我还没有出生，我多年没有踢了。"

隽芝不由得大笑起来。

女佣端出来的却是冰茶。

"不不，"隽芝说，"冰咖啡，我来示范。"

她把华华带进厨房，"跟着阿姨做，下次由你来侍候阿姨"。

做完咖啡，加多多糖浆，一人一杯，坐着享用，同玛花说："再给我添一杯。"

哗啦一声，玛花倒翻杯子，华华那雪白小裙子上淋了一身咖啡，哎呀，不但要换衣服，而且要洗澡。

隽芝吃惊："你看你，现在你得替她清洁。"

玛花双手乱摇："不，不是我，我不会。"

对，她只是干粗活的，另外一个专带孩子的跑掉了。

正急，两岁半的华华忽然说："我自己会换衣服。"

她爬下高凳子，走入睡房，隽芝尾随她，看着小人儿有纹有路地除下脏裙子，换上干净上衣。

"看，"她同阿姨说，"没有问题。"

隽芝在刹那间有点感动。

但华华随即说："这件蝴蝶裙是姐姐的，我想穿已经很久。"

嘿，原来心怀叵测，隽芝立刻给她倒扣七十分。

这么一点点大，就晓得争争争，霸霸霸，真令人憎厌，唐家三姐妹，从来没有这样的事，隽芝自幼名正言顺穿姐姐旧衣，永不抱怨，感情融洽，根本不觉察物质重要，隽芝对当代儿童心理，缺乏了解。

当下隽芝躺在沙发上休息，眼尾留意小芳华玩耍，她是看着这小孩出生的。

翠芝生养的时候，很吃了一点苦。

因为大女儿在加拿大出生，持加国护照，所以翠芝不想厚此薄彼，决定再来一次。

隽芝力劝无效。

"让姐姐申请妹妹好了。"

"不行，也许将来姐妹不和，省得有人抱怨我。"

隽芝长叹一声："人生不满百，常怀千岁忧。"

"上次两夫妻一起赴温哥华，这次只得我一人，好隽芝，你挨一挨义气，陪我走一趟如何，我负责你所有开销。"

"姐夫拿不到假？"隽芝十分震惊。

"头尾三个月，实在走不开，大女儿也需要父亲照顾。"

"这样吃苦，何必呢，我们在温市又没有亲戚。"

"去我是去定了，陪不陪我随你。"

"我也拿不到那么长的假，只能分两次来，头一次陪你过关，第二次陪你入院。"

翠芝松口气。

怀孕七个月的她大腹便便，宽衣服已经不很罩得住，隽芝只觉残忍，万一过不了关怎么办？

"你太尽心尽力了，不知适可而止，已届讨厌地步。"

隽芝陪二姐上飞机，旅途上翠芝已觉辛苦，隽芝只得把座位腾空出来，让姐姐打横躺下，自己满舱溜达，翠芝累得一味昏睡，隽芝内心恻然，这样辛苦，孩子仍从父姓，没有公理。

隽芝再一次握紧拳头：这种事，永远不会发生在我身上。

唐隽芝才不是盲目歧视儿童，她讨厌他们，并非偏见，实在因为他们，女性沦落得尊严荡然无存。

一路上隽芝替姐姐搓揉水肿的脚，拿冰水同她敷脸，飞机抵达的时候，隽芝自觉老了十年。

过海关之际，她与翠芝分开两条人龙轮候，并不交谈。

经验所得，关口布满调查人员，见到互相认识的华人，便视为同党，翻箱倒箧的时候，一起抄搜，烦恼无穷。

翠芝走在前边，轮到她，一个黑妇制服人员忽然上场，隽芝暗呼不妙。

果然，只见她细细盘问翠芝，不肯放松。

隽芝真怕她只准翠芝逗留三个星期，急出一身汗来，又听得她命翠芝："站后些，让我看清楚你。"

隽芝情急生智，被逼施展港人特色，故意将手提袋倾侧，把钞票角子化妆品撒了一地，又忙着尖叫捡拾，引起骚动。

那黑妇沉不住气，对隽芝吆喝："站回去！勿越过黄线！"直把她当狗看待。

隽芝一瞄，见翠芝已经过关，便连声道歉，静静拾起地上杂物。

翠芝在飞机场门口等她。

是次经验，没齿难忘。

在人檐下过，焉得不低头，隽芝记得她额头布满亮晶晶的汗珠。

"隽芝，难为你了。"

隽芝叹口气，谁叫我们来求人给一纸护照？

一直到今日，隽芝犹自记得那黑妇嘴脸，以及该刹那，做狗的感觉。

那种侮辱，不是三两个热水浴可以冲走。

完了翠芝在酒店与丈夫通长途电话，没事人般尽报喜，不报忧。

隽芝质问："为何不诉苦？"

"事情已经过去，目的已达，再啰唆，连应得的功劳都抵消，算了。"

隽芝大怒："要男人来干什么？"

翠芝真幽默："女人同女人，怎么生孩子。"

两个女人在当地租妥公寓，往医院挂了号，添置婴儿用品，安顿下来，可怜的翠芝日夜牵挂大女儿，使隽芝忍不住问："你想她们将来会不会孝顺？"

翠芝答："谁要她们孝顺，我只要她们健康快乐。"

话说到这种地步，翠芝想必自有翠芝的乐趣。

婴儿早产。

隽芝陪了姐姐三个星期，苦中作乐，生活还算悠游，不必担心开销是主要原因，两人吃遍温市中西日饭店，刚想返家，半夜被翠芝推醒："我要生了。"

隽芝睡眼惺忪，电召计程车，镇定地与翠芝入院。

人就是这样，扔在荒岛（marooned），该死的死，不该死的也就活下来。

医生自然比姐妹俩更冷静，检查一下，简单低声建议："剖腹取子。"

翠芝立刻签字，置生死于度外。

隽芝又好好发誓：这种事，永远不会发生在我身上。

小毛头早出生四个星期，居然有两斤半重，就是此刻这个小芳华。

什么都解决之后，二姐夫阿梁赶到医院，看见婴儿，笑开了怀："哎哟，宝宝似足阿姨。"

隽芝从来没试过这样看不起一个人，正像她鄙视所有坐享其成的人一样，她不发一言，返回香港。

眨眼间，小毛头已懂得与姐姐争衣服穿。

翠芝抱着幼女，直问妹妹："你不觉得婴儿可爱？"

隽芝不耐烦："十一亿人，怎么可能人人都可爱。"

翠芝真好胃口："哪里有那么多，加国才两千多万人口罢了。"

隽芝吆喝："你胆敢再生，我就登报同你脱离关系。"

至此也许会有人以为唐翠芝是不学无术、饱食终日、无所事事的男性附属品，才怪，翠芝放完大假，回到工学院照样任职工商管理科讲师。

所以隽芝才要同她脱离关系。

换了是无知妇孺一名，隽芝才不会这样生气。

回忆是很费神的一回事，隽芝靠在长沙发上睡着了。

她觉得身边有一件软乎乎的东西靠着她，睁开眼，发觉是小芳华把头钻在她胳臂窝好梦正甜。

隽芝太了解这些一无是处的孩子，他们纯靠样子可爱得以生存，她才不中计。

没有孩子，唐隽芝也可以活得充实热闹，在本市，同志以万计，游罢世界再觉无聊，大不了从头去读大学。

刚想唤醒小东西，翠芝回来了。

两母女打过仗似的，不过从她们的笑容看，肯定是胜仗，小小梁芳菲已成功踏出第一步，将来肯定会做一个能干的女性，去为那头幸运的夫家卖命，正像她母亲。

"来，"翠芝兴致勃勃，"一起去喝下午茶。"

隽芝举手投降，带这一对宝贝出去逛街？顿时沦为保姆，省省吧，她才不耐烦一路为小孩斟茶倒水抹嘴上洗手间。

"我走了。"隽芝拢拢头发。

"你反正要吃饭,叫易沛充一起来。"

"咄,鱼子酱,香槟,什么都是一餐。"

"上了年纪你就知道。"

"我们这一代女性,吃了这样咸苦,才不用担心会活到 耄耋。"隽芝笑眯眯。

"啐,你这张乌鸦嘴,我可是看到两个女儿结婚生子才 肯离开尘世。"

"那你努力活下去吧。"

真没想到一旦有了孩子,连死都不敢死,可怕。

隽芝如释重负,开着小房车嘟嘟嘟驶回家。

路上忽然得到灵感。

下个月得交稿,老总指定要先写妙方系列,小孩子那 样讨厌,就写他们好了。

写《虐儿三百妙方》,同他们斗个你死我活。

隽芝兴奋地按响喇叭。

得来全不费工夫,三百条不够,还有四百条,五百条。

保证满意，一直对付到他们成年，满十八岁。

序言上写：仅把这本小书，献给（一）疼爱孩子的人，（二）痛恨孩子的人，如果孩子们于你无关痛痒，那么，这本书不属于你，请改阅爱情小说。

就这么办。

隽芝愉快地窃笑起来。

她对幼儿们的恶行素有研究，大姐筱芝那边清一色三个男孩子，分别十岁、八岁、六岁，看见她都有恐惧，隽芝绰号，孩儿克星，当之无愧。

回到家中，隽芝匆匆赶入书房，挥笔直书：虐儿一千零一妙方，如何应付顽童，以及防止他们变为顽童，尚未论及详情，已经笑出眼泪。

易沛充来接她出去晚餐，一见斗大的标题，吓得哗一声。

"这种黑色幽默会招致家长反感，编辑一定抗拒。"

"总得有人教训教训他们。"

"你是现今世上的唯一针对幼童的知识分子，"易沛充不满，"而且一天比一天认真。"

"因为他们日趋放肆。"

"我一点都没有这种感觉。"

隽芝温和地答："因为你对他们没有研究，我有。"

隽芝亲眼看过三个月大的幼婴哭泣之前先用眼睛溜一溜环境，妈妈在，放声大哭，妈妈不在，呜咽两下作数，不是亲眼看见，简直不会相信此乃真人真事。

隽芝的外甥，不论男女，都是这么顽劣狡黠。

"我相信你有实际经验。"

"当然。"隽芝胸有成竹。

闹得最厉害的一次是同筱芝的大儿与二儿斗，那两个孩子运动回来，一身污秽臭汗，任得母亲哀求，不肯洗澡，只管捧住冰激凌吃。

隽芝见大姐如此懦怯无能，受尽欺侮，恶向胆边生，用尽力气，把那两兄弟拖进浴室，二话不说，开了莲蓬，连衣带人，照头淋得他们号啕大哭。

事后绝不懊悔冲动冒失，拍拍手，说："痛快，同洗车淋草一样。"

也真趋奏效，以后谁敢不洗澡，筱芝只需一声咳嗽，

"那我去请教小阿姨看该怎么办",那三个儿子立刻乖乖认命服输。

筱芝对妹妹感慨:"你看,不需后母后父来虐待,已经这样,他们就是怕凶。"

这是人类至大的弱点,神鬼怕恶人,柿子拣软的捏,因此做人一定要坚守立场,永不退让。

把应付孩子那一套玩熟了,拿到社会来对付成年人,一样收效。

首先,摧毁他们的自尊,使他们失去自信,然后,简单地发号施令,叫他们不敢不从,目的已经达到一半,这是上一代育儿妙方,许多专制政权,亦依照这个单方办事,无往而不利。

易沛充见隽芝得意扬扬,因说:"看情形你是跟他们耗上了。"

"我才不,我那两个不成材的姐姐才同他们没完没了。"

单身,多痛快,无牵无挂,他俩跑到日本馆子坐下,才叫了菜,邻桌来一对年轻夫妇与两个孩子,隽芝立即召领班换台子。

"隽芝。"

"一下子他们就要尖叫摔东西,我耳膜受不了。"

偏偏那两个孩子不争气,果然就叫起来,争个不休。

隽芝同易沛充说:"藤条一下去,马上收声。"

易沛充只有摇头的份儿。

"没有藤条,没有家教。"

"再说下去,我的爱许有转移。"

隽芝笑嘻嘻,"怎么我感觉到好像有人恐吓我"。

还是外国人的作风值得效法,他们严格地把成年人与孩子们分隔,井水不犯河水,各有各活动范围,互不侵犯,举个例,公寓房子出租时大字标明:婴儿免问,先小人后君子,夜半号哭,扰人清梦,大忌。

不比华人,到哪里都抱着孩童,同甘共苦,看戏、饮宴、逛街、打牌,孩子们就在一角自生自灭喧哗增加气氛。

筱芝特别喜欢把她的宝贝当现款似的带身边,照顾不来,把保姆也叫出来,人强马壮,浩浩荡荡,隽芝几次三番求饶:"把他们清清静静,留在家里睡个中觉岂非更加有益身心?"

不行，那是她的孩子，每一个家有那个家的家法。

结账的时候隽芝听侍应生抱怨："倒翻了三杯汽水，似小魔君般。"

隽芝朝沛充投过去胜利一眼。

沛充低声说："有些孩子还是可爱的。"

隽芝拍拍他肩膀："你小时候一定异于常儿，与众不同。"

易沛充悠然说："孩子像你，或像我，都不错哩：品格正直，相貌端庄，身体健康，读书成绩够标准，工作上亦获赞赏，夫复何求。"

隽芝凝视他："但是，你快乐吗？"

难不倒易沛充，"我心情愉快时占多数"。

隽芝不语垂首。

"你又有什么心事？"

隽芝拨开头发，"满头华发"。

易沛充哧一声笑出来："是工作压力嘛！待你著作满百部庆功宴时，岂非鸡皮鹤发？"

隽芝跺脚，"你从来不会纵容我一下"。

沛充搂着她，"我知道你为什么不喜欢孩子，你吃醋，你怕他们抢去你风光，你自己长不大，唐隽芝本身还是个孩子"。

隽芝不得不赞叹地说："易老师，真没想到你这样了解我。"讲的当然是反话。

那一夜她特别累，写了三两行字便支撑不住，蜷缩到床上去。

不知道写作人的梦是否特别多，隽芝又一次梦见了亡母。

在隽芝心目中，母亲永远年轻秀丽。

她坐在床沿对隽芝笑呢。

"母亲。"隽芝落下泪来。

"隽芝，我真替你高兴，你终于也有后代了。"

"我?"隽芝抬起头来，吓一大跳。

"是呀，"母亲声音充满欣喜，"你怀了孩子。"

"不，"隽芝恐惧，"我没有，我没有。"

母亲似乎诧异了，"隽芝，我以为你会高兴"。

隽芝歇斯底里大叫："不是，不是，你弄错了，你弄错了。"

她骤然惊醒，一身冷汗。

看一看钟，才一点多。

她颤抖着手拨电话到翠芝家，接线人却是二姐夫阿梁，他存心挡驾。

"半夜三更，翠芝已经睡下，她累了整天，没有要紧事，也就不必唤醒她，你说是不是，明早人人都要上班。"

"我做了一个可怕的梦。"隽芝诉苦。

"隽芝，你应该找易沛充谈。"阿梁提示她。

"沛充不会明白。"

"使他明白，你一定有办法。"不知怎的，几乎所有姐夫对小姨都有点嬉皮笑脸，阿梁亦不例外。

隽芝何尝不知道扰人清梦，罪该万死，只得寂寥地说："没事了。"

"明天我同翠芝说你找过她。"

隽芝嗒然挂线。

她是外人。

姐夫姓梁，姐姐是梁唐氏，小孩叫梁芳菲与梁芳华，全家是梁氏天下，唐隽芝是外人。

睡不着可以听音乐或看录像带，但不宜骚扰他人。

隽芝同大姐年纪差距较大，可说的话更少，她也知道大姐的习惯：更加早睡。这会子做梦恐怕已做到第五十集。

惆怅良久，隽芝才啪地熄灯。

结婚有结婚的好处，此刻替她挡驾的，只有电话录音机，不是配偶。

一早，隽芝致电《银河妇女》杂志，要求见莫若茜。

若茜答："今天我时间全满，这个电话也只能讲五分钟，除非——"

"没关系，我不介意。"

"我一小时后去看妇科医生，如果你不觉得太委屈——"

"是我的荣幸，叫你秘书把地址给我，我到医务所等你。"

"好极了，隽芝，你最最通情达理，晓得体谅别人。"

是吗，隽芝想，等她的成就同宇宙的皇牌洪霓不相伯仲之际，仍能不拘小节，迁就别人，那才叫作通情达理。

此刻，不过是识时务，与人方便，自己方便而已。

这点小聪明都没有，还出来走呢！

隽芝打扮出门。

医务所里仍然挤满生育年龄的女性。

隽芝十分讶异。

她一直以为除了她两个愚昧的姐姐外，没有人会再稀罕生孩子，不是说时势不稳，生活艰难吗?

看到了莫若茜，隽芝打招呼挤过去在她身边坐下。

"还要等多久?"

"至少一小时。"

隽芝吃惊，"浪费宝贵时间可不是您的宗教"。

谁知莫若茜笑笑，"这是我难得的松弛时刻"。

变了，整个人变了，激素内分泌起了至大变化，影响她人生观。

隽芝只得问："我没有打扰你吧?"

"巴不得有人陪我说说笑笑。"

隽芝浑忘公事，她问："这些女人，都是孕妇?"

莫若茜笑："不。"

隽芝扬起一条眉毛，不?

若茜说："这些女性，都希望在最短时间内，可以怀孕。"

隽芝要把这条公式好好消化,才能融会贯通,她吃惊地说:"你的意思是,这家医务所专治不育,而你是幸运成功例子,她们尚在轮候?"

"大作家到底是大作家。"若茜微笑。

"若茜,难怪你说不是偶然。"

"跑这家诊所已有三年,吃尽咸苦。"若茜感喟。

"天,我还以为你春风一度,珠胎暗结。"

若茜笑得眼泪都掉下来,这唐隽芝就是有这个本事。

隽芝看到墙上挂着一张漫画招贴,有许许多多赤裸美丽的婴儿在一只试管中游泳。

隽芝立刻噤声,她可没有胆子问莫若茜她的胎儿是否在培养剂里泡制出来。

隽芝变得结结巴巴。

"你找我有急事?"

"呵,噢,呜,是,我想到题材了。"

"我知道你不负所托。"莫若茜大乐。

"也许你会反对。"

"这次又是什么妙方?"

"虐儿妙方。"

莫若茜又笑,"可见一定有读者,我先忍俊不禁,这分明是没有儿女者的梦想,虐儿? 虐母才真"。

"那我明日就开始写。"

"你打算怎么虐待他们?"

隽芝心花怒放,"首先,会讲话的时候,与大人应对,就得说 yes madam,同母亲说话,要说 yes your majesty,并且吻母亲的手背"。语气充满憧憬。

莫若茜仰天长叹:"隽芝,知彼知己,才能百战百胜,你对孩童一无认识。"

"谁说的,我从来不批评歧视我不认识的人与事。"

"你要好好地做功课,好好搜集资料,好好研究新生命,否则,读者会取笑你。"

隽芝不服气:"我对他们已有充分了解。"

若茜拍拍她的肩膀:"相信我,你十分无知。"

"喂——"隽芝抗议。

这个时候,一位年轻太太自内室出来,忽然掩脸失声痛哭。

隽芝大吃一惊，其余候诊者却投去了解同情目光。

只见护士前去扶住安慰那位少妇。

"怎么一回事？"莫若茜忙问。

另一位看护低声答："报告出来，两边输卵管阻塞。"

莫若茜却说："可用手术取卵做体外受孕。"口气似专家。

"情形复杂得多了。"

"不是没有希望，我同她说去。"

不由分说，也不管生张熟李，若茜过去一手搂住少妇，在她耳畔絮絮说起来。

隽芝瞠目结舌，在这之前，她根本不知道世上有这一小拨志同道合的妇女存在。

看来要真正认识母子关系，还得在小生命尚未形成之时开始。

本市人山人海，闹市逼挤到互相践踏地步，北上内地，又有十一亿人口，只愁节育，不愁生育，这还是隽芝第一次知道有如此渴望孩子的妇女。

这真的结结实实地打开了她的眼界。

少妇哭声渐停。

若茜把她送出医务所，回到隽芝身边。

看见隽芝下巴合不拢的样子，她轻轻冷笑说："偶然？"

隽芝大惑不解："为什么，为什么一定要亲力亲为，为什么不能幼吾幼以及人之幼？"

若茜可逮到机会了，"只因虐儿者众"。

隽芝正没好气，看护高唱："莫若茜。"

"轮到我了，隽芝，你也一起进来。"

"老莫，你应叫丈夫陪你，"隽芝说，"这不是扮强壮独立的时候，把他撇在一角，不让他们参与，好像与他们不相干似的，对他也不公平。"

"半瓶醋，空瓶响当当。"

隽芝跟着老莫进去见医生。

诊所永远是冰冷肃静的，一股消毒药水味，林林总总设备仿佛比姐姐怀孕期又先进了。

老莫躺下来，隽芝便知道她要做超声波扫描。

这么小就照？

老莫解答她的疑团："七个星期便可以在荧幕上看见胚胎：七厘米直径的一颗豆。"

隽芝不语。

医生来了，取出工具，隽芝凝视荧幕，开头有点模糊，隔几秒钟，她看到一个影子，忍不住低呼出来，那分明是一个小小的人，小，小得只得五厘米长，可是能清楚辨别胖胖的头，肥肥肚子，短腿蜷缩着，忽然间，他不耐烦了，像是知道有医生及大人在偷窥他，左右挥舞起手臂来。

莫若茜同医生哈哈大笑。

隽芝敬畏震惊地瞪着荧幕，作不得声。

她陪翠芝照过扫描，荧幕一片模糊，除出医生，闲人根本看不懂图案，因此没有感受，今日的经验叫她害怕。

这时医生说："闪光部分是他的心脏，黑色一点是他的胃，心跳正常。"

隽芝忍不住问："他有多大了？"

"电脑计算是十一星期零三天。"

"那个连接着他小身体的小圆圈是什么？"

"是提供营养的蛋黄囊。"

老莫这时说："隽芝，你应去买摞参考书来看。"

"他可晓得我们在观察他？"

医生答："他不知道。"

"他是男孩还是女孩？"

"现阶段仍未知道。"

隽芝喘气。

医生看她一眼："真奇妙，是不是？"

隽芝忙不迭点头。

谁知医生不是指生命之妙，而是说："这副仪器真正奇妙。"他也没有错。

隽芝已经饱受冲击，有点晕头转向。

诊治完毕，老莫至挂号处付诊金，自看护处接过宝丽莱照片，递给隽芝："给你留作纪念。"

正是那小生命的写真照。

隽芝隆而重之放进手袋，感动得双目通红。

老莫还要百上加斤："不再恨他们了吧。"

隽芝喃喃说："我一直以为他们偶作蠕动，一如阿米巴，没想到他们已懂得运用四肢去表达感情。"

"所以智慧的中国人替人类加一年虚岁。"

隽芝颔首如捣蒜一样。

街上阳光充沛，隽芝陪老莫返出版社，临别依依，"你自己保重"。

"你速速虐儿，快快交稿。"

隽芝立刻跑到书店，买了一大摞参考书：《新生命》《怀孕分娩育婴》《怀孕到三岁》《婴儿至儿童》……中英并重，不遗余力抬返家中。

进门听见电话铃响。

翠芝问："你昨夜找过我?"

"嗬，是，算了。"隽芝坐下来。

"何事?"

"翠芝，我又梦见母亲。"隽芝欲语还休。

翠芝沉默一下子，随即说："你根本不可能记得母亲的样子。"

"我看过她的照片，印象深刻。"所有照片中只有母亲与大姐、二姐，没有隽芝。

"早知不给你看。"

"我总有权要求看母亲的相片吧。"

"隽芝，母亲过身同你一点关系也无，你何用耿耿于怀数十载。"

"我始终不能释然。"

"这样下去，你需去看心理医生。"

隽芝不语。

"有没有同易沛充谈谈？"

"他没有必要知道。"

"你们是好朋友呀。"

"我们只是酒肉朋友，我的忧虑，纯属我自己。"

"这样说，对沛充也不公平，我们都看得出他对你是真心真意。"

"那当然，"隽芝微笑，"风和日丽，我又那么健康活泼，自然人人对我真心欢喜，我又何必愚昧得去试练人家的诚意。"

"隽芝，你对沛充应当有信心。"

隽芝只是笑。

"我约好筱芝周末坐船出海，你也一起来吧。"

"哎呀，谢谢，谢谢，五个猢狲精凑到一起，我吃了豹子胆都不敢出现。"

"星期六下午两点皇后码头，同易沛充一起来吧。"

隽芝也曾跟他们共度家庭日。

整个过程使她觉得人生没有意义。

自出门那一刻起，隽芝便觉得气氛好比逃难演习，就差没有呜呜呜的警报声。

姐姐们命家务助理扛着各式食物、更换衣服，浩浩荡荡押着孩子们出发，姐夫们憔悴地尾随，两家人的男女孩童各有各的难缠之处，总有一个要上洗手间，另一个掉了只鞋子，又有谁必定肠胃不妥，不然，就是争吃糖果，撕打起来。

好不容易把他们塞进车厢，隽芝太阳穴已经弹跳发痛，加上姐姐们的吆喝声、姐夫们的求饶声，使隽芝益觉一辈子不结婚不生孩子是种福气。

上了船也没有什么快乐时光，要忙着服侍少爷小姐换上泳装下水。

好不容易等到五个小魔王都穿起救生衣跳到碧海畅泳，

隽芝跑去问船长："可不可以立刻把船驶走？"

实在受够了。

完全失去自我，活着等于没活着。

隽芝打开她的画纸，以漫画形式，打张草稿，图中的她金星乱冒，恳求船长开动引擎，把她送返码头。

那几个孩子，通通面目狰狞，头上长角。

这不是虐儿妙方，而是被虐后自救之道。

隽芝斟出香槟，喝一口，躺下。

正是：爱几时睡就几时睡，爱什么时候醒就什么时候醒，生命诚可贵，爱情价更高，若为自由故，两者皆可抛。隽芝念念有词，闭目假寐。

严寒冬夜，午夜梦回，窝在电毯子里的她，也试过被夜啼儿吵醒，简直吓得发抖，赶紧用枕头压住脑袋，继续寻梦。

看见姐姐们花的心血，她讥笑曰："我不如把目标设在十年内取诺贝尔文学奖。"

今日，她的心比较温柔。

她起身自手袋中取出那帧宝丽莱照片，放到案头，同那胚胎说："快高长大，平安出世，乖乖听话，成为你母亲的欢乐，"停一停，又说，"不然阿姨不放过你。"

她把照片放进一只小小镜框内。

待这小子或是女孩长大了，给他看，取笑他，他想必一定尴尬，何止看着他成人，简直看着他成形。

老莫喜欢孩子已有很长一段日子。

母性遗传因子到了一定时间会得发作，与她逛百货公司，经过童装部，她会驻足，凝望小小衣衫，傻笑，隽芝一看标价，"荒谬，投胎到温莎家族也未必穿得起"。全部四位数字。

但莫若茜仍然恋恋不舍细做观察，果然应到今日。

婚姻生活愉快也是很重要一个原因，老莫与她先生真正做得到相敬如宾，两人经济与精神均非常独立，吃完饭时时抢付账："我来我来。""一样一样。"叫人羡慕。

不过没有孩子也不见得是宗遗憾，大可提早退休，结伴坐豪华游轮或是东方号快车环游世界。

隽芝叹口气打开一本知识宝库。

"……卵子受精后大约三天，这枚沿着输卵管前进的新细胞不断分裂成桑葚胚，再过三四天就漂进子宫，这时仍不断分裂，直到变成约有一百个细胞的中空细胞丛，叫作胚胞，靠子宫腺所分泌的子宫乳液供养。"

隽芝叹口气，因没有爱讲粗话以及写黄色小说的朋友，她还是第一次接触这许多生理卫生名词。

原来我们就是这样长大的。

她俯首阅读："七八天后，胚胞即附着在子宫壁上，胚胞外面的滋养层开始侵入子宫肌层，并变成索状组织，将胚胞固定在子宫壁上，这个滋养层，日后发展成为胎盘。"

隽芝茫然抬起头来。

易沛充来电询问："你在干什么，睡懒觉？"

"我在钻研生命的奥秘。"

"生命的奥秘在于尽情享乐。"

那就不用看这些书籍，她轰一声合上厚厚的画册。

"下班了，我来接你去游泳。"

"我要写作。"

"明天还来得及呢。"

"我马上准备。"

单凭三五本畅销书就能这样快活逍遥？才怪，三百本还不行呢。

唐隽芝之所以这样享受生活，皆因父亲有若干遗产给她。

唐父生前就把她们三姐妹叫齐了来听教训：

"每人一套公寓房子，若干现金，平分，不过三妹较为可怜，三妹没见过母亲，母亲的私蓄，全留给她吧，你们有无异议？"

隽芝有两个好姐姐，全无异议。

她身家相当雄厚。

一个人想生活得舒适，首先，要他愿意过舒服的日子，放开怀抱，无欲无求。其次，才看环境是否许可，并不需要富可敌国，只要手头略为宽裕，即可优哉游哉。

隽芝完全符合这种条件。

她对物质的要求相当之低，脾性也十分恬淡，不喜与人比较，基本上是一个快乐的人。

许多人为身家所累，她却是个聪明人，她懂得利用小额财富过惬意日子。

当下易沛充把她接到私人会所泳池，隽芝换上泳衣，直游了十个塘。

易沛充凝视女友，踌躇着想于这个晚上向她求婚，希望一会儿夜空星光灿烂，增加气氛。

他们间感情既不轰烈，亦不刻骨铭心，但一直暖洋洋，软乎乎，半日听不到对方声音，就会挂心，他从来不舍得令她失望、生气，她也从不耍花枪玩游戏。总而言之，易沛充觉得这一类互相尊重的深切关注才最最有资格有希望发展成为夫妇。

太多人误会越是叫对方伤心落泪的爱情才是真正爱情，心态实在太过奇突。

易沛充的想法刚刚相反。

他伸手把隽芝自池中拉起来，把大毛巾盖在她肩膀上。

"我不冷。"

"那边有两个登徒子目光灼灼。"

隽芝忍不住笑出来，"那两个孩子加在一起不超过四十岁"。

"你听过草木皆兵没有？"

隽芝笑了，"我去更衣，你找台子吃饭"。

沛充订了张露天烛光两人台子。

隽芝莞尔，看情形他有话要讲。

香槟过了三巡，易沛充说："隽芝，说正经的，我们也该结婚了。"他抬起头，刚刚看到紫色的云浮过遮住月亮，没有星光，也许这不是求婚的好日子。

隽芝不出声，这也在沛充意料之中。

她不是一个苛求的人，想了一想，她说："沛充，我们相爱，我们没有结婚的理由。"

沛充怪叫一声，来了，隽芝那套反逻辑理论又抬出来了。

"我心中除了你根本没有别人，"隽芝一口气说下去，"我为你着迷，从不对你厌倦，此时此刻，你仍给我刺激，我随时可以趋向前来热吻你，昨夜梦中，我与你紧紧拥舞，你使我神魂颠倒。"

旁人听了，不知就里，还以为是唐隽芝向易沛充求婚。

"这样美妙的关系，"隽芝握住他的手，"你忍心破坏它吗，何必谈婚论嫁。"

沛充自觉不是隽芝对手，惨呼着掩住脸。

更坏的事情来了，遮住星光的那团乌云，忽然洒下渐渐雨点。

隽芝喝尽杯中香槟。

"让我们到斜坡散步。"

沛充只得陪她。

两人也没打伞，视雨点无睹，嗅着青葱草香，喁喁细语。

隽芝说的是："结了婚，谁还有这种闲情逸致。"

沛充已经气馁，只想享受这一刻温馨，便把隽芝紧紧搂在怀中，隽芝趁雨急人稀，用双臂箍着沛充的腰身，仰起头笑说："我就是喜欢你这副标准身材。"在背后看，两人的肩腰都是 V 字，实在好看。

阳台餐厅刚巧有对夫妇带着孩子在用饭，碰巧给那位太太看到如此旖旎风光。

她怔怔地，向往地呆视斜坡这一对年轻男女，心中一分艳羡，一分惆怅，一分茫然。

她丈夫问："看什么？"

她伸手指一指。

那丈夫看一眼，不语。

她忽然问："我们可曾经如此深爱过？"

那丈夫干笑数声："孩子都快上中学，还问这种问题？"

那位太太点点头，收敛了目光，坐下来。

过许久，终于忍不住，又朝湿漉漉的玻璃外看去，雨势更大了，那对年轻恋人已经离去。

她垂头叹息一声，只有她一人听见，那丈夫或许也有所闻，只是假装不觉，急呼侍者结账，他心中嘀咕：女人，有时就爱无病呻吟，无故发痴。

隽芝与沛充上车时已湿了一半身，两人在回程中异常沉默，到家时隽芝终于说："给我们多些时间。"小车子里没有开空气调节，有点潮有点闷，雨点打在车顶，吧嗒吧嗒响得离奇，不知怎的，沛充也不去打开车窗，任由这种窒息感持续，他错了，这仍然是个求婚的好日子，尤其适合求婚被拒。

他俩拥抱一下。

隽芝跳下车子返家。

到了卧室一照镜子，吓得掩住嘴，只见头发凌乱，脂粉剥落，一件丝袍子皱得似胡桃壳里取出，什么？被求婚一次已经残蚀到这种地步，果真结了婚，那还得了！

身上什么味道都有：酒气、沛充的古龙水味、车子皮椅的腥气。

隽芝连忙跳进浴缸。

开着无线电听深夜节目，她堕入梦乡。

一千零一妙方

贰·

同人来往，好比照镜子，

不要抱怨他人为何处处留难，

窄路一条，你不给人过，人家怎么过。

第二天工作一整日，下午时分，沛充找她，语气似没事人一样。

　　隽芝十分庆幸对方如此成熟大方。

　　这样人才，不结婚恐怕不容易长久抓得住，唐隽芝，后果自负，风险自担。

　　"翠芝通知我至要紧周末一起出海。"

　　隽芝大奇："她好像有话要说。"

　　"去听听她讲些什么也好。"

　　"好，我再牺牲一次。"

　　"下午什么事?"

　　"到出版社交稿兼与老莫谈谈。"

"最近公司里好多女同事怀孕，有的在努力第二名。"沛充不胜艳羡。

隽芝莞尔，沛充这种王老五对婴儿有啥子认识，他居然也凑兴加把嘴谈起时兴的婴儿经来。

"上周末茜莉亚陈带了她的小女婴上来，四个月大，已经是美人坯子，伏在我身上，软乎乎，不哭也不动，可爱至极。"

可爱，是，一如小小波斯猫儿，统共没想到他们遇风就长，刹那间变成一个有独立思考能力的人，喜怒哀乐，要求繁复。

"把婴儿带到建筑师事务所去？"

"建筑师也是母亲。"

隽芝明白了，"准是用人告假，真奇怪，时至今日，婴儿总还是母亲的责任，父亲们永远逍遥法外"。

"我愿意背着他们走来走去。"

隽芝笑，姑且听之。

"替我问候莫若茜。"

老莫还真的需要问候。

她一边说话一边把巧克力糖不住塞进嘴里，让隽芝看她水肿的双腿，轻轻一按，便有一个个白印子。

"四十八小时之前还是好好的。"隽芝吃惊。

"医生说我血压高，小便中蛋白质也多，叫我搁高腿休息，服药。"

"那你还赖在办公室蘑菇？"隽芝觉得她的血压也即时提升。

"小姐，我还有一个身份叫《银河妇女》杂志编辑。"

"一人饰演多角，贪多嚼不烂。"

"你放心好不好，医学昌明，总有解决方法。"

隽芝恻然。

"隽芝，高龄孕妇麻烦多多，不但成名要趁早，养儿育女，也越早越好，"莫若茜居然还有心情朝隽芝眏眏眼，"别说愚姐不提醒你。"

"你还吃那么多糖，当心点好不好？"

"这是我此刻唯一的人生乐趣，孩子一生下来马上戒。"

"你已经胖了不少吧？"

"谁敢看磅。"老莫自有文艺工作者之洒脱。

隽芝记得翠芝每次都嚷着超重超重，痛不欲生，但是看见巧克力蛋糕，还是大块大块地吃。

隽芝助纣为虐，满城替她找最好的黑森林蛋糕……

她忽然有点怀念那段日子。

那一点温柔的母性悠然发作，她拉过一张凳子，垫在老莫腿下，替她轻轻按摩，一边笑着打趣："该加稿费了。"腿上青筋暴绽，十分不雅。

隽芝叹口气。

老莫知道她想些什么，轻轻安慰："产后会得复原。"

谎言。

隽芝牵牵嘴角，全是谎言，身体若干部位将永远不能恢复原状，移形换形，有些部分可能会恢复个百分之三五十，但是永不如前是事实，值不值得是另外一件事，说可以完全康复则是谎言。

"你好像很懂得照顾孕妇。"

"我有两个姐姐。"

"将来一定也会把自己打理得体。"

隽芝不出声，她至想为一个人服务，可惜愿望永远无法达到，那人是她的母亲，下意识觉得，所有孕妇都有点像母亲。

隽芝向老莫笑笑，"我永远不会陷自己于不义"。

"你其实不是那么自私的人。"

"是吗，不要试探你的作者。"

开会的时间到了，老莫又穿上鞋子，扑出去。

隽芝特地去买了几双防静脉曲张的袜子给莫若茜，途经童装部，脚步略慢，噫，到底那小小胚胎是男是女呢。

售货员已经迎上来。

隽芝连忙退后，来不及了，那和善的职员微笑问："太太，孩子是男是女？"

隽芝平日的机灵不知丢在何处，"呃，还不知道"。

"那么，选购白色或淡黄色的衣物好了，请跟我到这边来，是第一胎吗，大约在冬季出生？"

"不，我，噫——"隽芝放弃。

她挑了半打内衣与三件毛线衣以及四张小毯子。

送给老莫逗逗她开心也好，她此刻的苦况，不足为外人道，一个个星期那样挨，总共四十个星期，宝贵生命中足足一年。

拎着大包小包回家，一抬头，看到穿白衣黑裤的阿嬷抱着个婴孩在门前散心。

他们无处不在，霸占人力物力、地球资源。

隽芝向他投去一眼。

那数月大的人刚刚哭过，眼角还挂着亮晶晶的泪珠，嘟着嘴，一脸不悦。

隽芝想，岂有此理，吃现成饭，穿现成衣，面孔不过比一只梨子略大一点，便耍性格，发脾气，太会得有风驶尽帆了。

她又多看他几眼。

就在这个时候，忽然吹来一阵清风，在闷热的秋老虎下午，隽芝只觉心头一爽，没想到那婴儿也觉察到了，他眯起眼，抬起头同时享受那阵凉风，眼泪也似乎在该刹那被吹干，一头浓发在风中摆来摆去，趣致得难以形容。

嗬，他是存心来做人的，大抵不必杞人忧天，替他担心人生道路有多么崎岖，生老病死是何等可怕，恋爱与得失是怎么样痛苦，他想必会适应下来，就像他上一代，上上一代，或是上上上一代那样。

隽芝像是终于领会了什么。

周末，易沛充来接她往皇后码头。

她适在看早报，吃早餐。

顺带告诉沛充："本市出生率奇低，世界罕见，低于一点二。"

沛充看着她："你就不打算做出任何贡献？"

"已有两个姐姐，在撑场面，我再加一脚，那还不造成人口爆炸。"

"但是我仍觉得本市地窄人多。"

"那是上一代造成的遗毒。"

"用字不要那样夸张。"

隽芝笑笑，"来，我们出发吧"。

码头上，梁芳菲与梁芳华两姐妹穿一式水手装似洋囡囡，隽芝一见就大声叫："踢踢，泣泣，你们好。"

翠芝瞪妹子一眼："你再替我女儿乱取丑陋绰号，我不放过你，精神虐待！"

"姐夫呢？"隽芝四周围看看。

"他们不来，今日是妇孺班。"

"嗨，"隽芝马上对牢易沛充笑，"欢迎你加入女儿国。"

翠芝说："我们请沛充来，因有事请教他。"脸色凝重。

隽芝看男友一眼，跳下船去。

大姐筱芝又隔了二十分钟才率众赶至，水手开船。

三个男孩子一见隽姨，立刻机智地回避，爬到顶层甲板去晒太阳。

大姐夫姓祝，是个生意人，做皮草，多年来筱芝身上永远少不了至时兴的皮裘。

隽芝忍到去年冬季，终于发言："大姐，这东西可以不穿就不要再穿。"

"假仁假义，你吃不吃鸡鸭鹅、猪牛羊？"

"为着生存，摄取营养，不得不吃，宰杀小动物，取皮制衣，纯为虚荣，又是另外一件事。"

"嘿！"

"在外国，穿紫貂，会被人吐涎沫或泼红漆，太太，没有人穿这种东西了。"

"去你的乌鸦嘴，我们祝家五口没饭吃，到你家来借。"

姐妹不欢而散。

筱芝年纪其实不算大，嫁得好，便有种养尊处优的意气，姿态上仿佛是老一辈的人，再加上她五官太过秀丽，大眼睛，小嘴，尖下巴，也有点不合时代审美观念，好像过时了。

上船后，她一直戴着太阳眼镜，一句话不说，一看便知道心事重重。

出了鲤鱼门，渐渐天高海阔，易沛充与孩子们打成一片，正玩游戏，隽芝一杯在手，吹着海风，其乐悠悠，便对二位姐姐说："有什么话可以掀盅了。"

筱芝抬起头，一派问白云的样子。

翠芝开口："隽芝，你不要太激动。"

隽芝马上皱起眉头勉强调笑："什么事，可是到今天才来与我争夺遗产。"

翠芝郑重宣布："隽芝，老祝要同筱芝离婚。"

姐妹连心，隽芝一听，全身的血液立刻往头上涌去，嗡一声，冲到脑部，面孔涨得血红，忽然又抽空，唰一下，脸色转为雪白，她双手颤抖起来。

翠芝劝道:"叫你别激动。"

"老祝人在何处?"隽芝霍地站起来。

"在本市。"

"叫船往回驶,我去见他。"

"你别毛躁好不好,隽芝,坐下来,喝口冷饮,我们细细商议。"

筱芝仍然一言不发。

三个男孩清脆的笑声自甲板传来,隽芝气炸了肺,这十五年生活,大姐就白过了,她把财富与孩子带到祝家,看,看祝家如何回报。

她泪盈于睫,反应炽热。

筱芝忽然转过头来,很镇定地说:"隽芝,我还一直以为你不爱我,可见我何等粗心大意。"

隽芝急得豆大眼泪直挂下来。

"任何人去见老祝都没有用,他有了新人,对方一定要正式名分,已经与筱芝摊牌,财产一人一半,三个儿子,全归祝氏。"

"不行,"隽芝说,"我们要三个孩子。"

"祝家长辈无论如何不允许，孩子的祖父母苦苦哀求筱芝网开一面，老人家将亲手带大孙儿，他们不会吃苦，两个大的反正明年要出国寄宿。"

隽芝瞪二姐一眼，"步步退让，还来问我意见做甚"。

翠芝说："你且听我讲。"

"不要听。"

筱芝开口："碰到这种事，真正倒霉，抽身越快越好，以便重新做人，倘若每项细节均推敲数月，同他们争持纠缠，则我永不超生。"

隽芝不语，大姐讲得也非常正确，拖，拖到什么时候去？

她悲怆地抬起头，最聪明最有远见的做法是不予计较，任由凌迟。

隽芝用手掩住脸。

翠芝说下去："母亲与孩子双方随时可以约见，分居书上一切会订得清清楚楚，超脱一点来看，筱芝并没有太大的损失，毕竟离婚在今日来说，是非常普通的事。"

隽芝忽然很疲倦，整个人睡倒在甲板上，"从前，可以拖着姐妹淘去打烂小公馆"。

此言一出，连筱芝都笑了，"那怎么一样，那是女性的黄金时代"。

翠芝也说："你带头领我们去打烂老祝的头吧。"

隽芝气馁，发狂。

"换了是你，隽芝，只怕你比我们做得更彻底，更撇脱，更缄默。"

隽芝答："是。"她胆子更小，更加要面子，怕出丑。

"那就算了。"

"可是，大姐历年做错什么了？任劳任怨，克勤克俭，劳苦功高，就换来这个？"

筱芝答："不如人家好，就绝对是错，何用追究，况且，一个男人说我不好，又不代表我真正不好，我不会失去自信。"

隽芝感动得过去握住姐姐手，"好筱芝，我一直小觑了你，原来你的价值观还走在时代尖端，我敬佩你"。

翠芝说："隽芝，你准备好没有？难题来了。"

什么？

筱芝不是已经理智地解决了这个危机? 还有什么难题?

隽芝连忙下船舱多斟一杯威士忌加冰,看到易沛充乐不可支,正做孩子王呢,桌上摊满食物饮品。

那五个自三岁到十三岁的小孩,看到隽芝,立刻警惕地静下来,戒备地注视她,提防她的新花样。

隽芝哪儿有心情虐儿,只把沛充叫到一边。

沛充奇问:"你怎么了,精神萎靡,上船时还是好好的,大姐同你说些什么?"

隽芝垂下头,过一会儿才抬起来,只觉自家的头颅好像有千斤重,"你尽管陪孩子们嬉戏吧"。

"目的地快到,我一人照顾不了五个,你也一起下水如何。"

隽芝反应迟钝,"好,好"。

沛充知道甲板上发生了大事,吩咐用人们看着孩子,陪隽芝回到上层。

筱芝、翠芝示意他坐下旁听。

隽芝哭丧着脸,同二位姐姐说:"不是有谁患了绝症吧。"

筱芝答:"比这个更为难。"

"告诉我。"隽芝深深吸进一口气。

筱芝无奈地说:"我上星期发觉有了身孕。"

隽芝霍地抬起头来,她完全明白了。

这条尾巴非同小可,比起来,离婚还真是小事。

隽芝别转面孔,一声不响,易沛充不知首尾,亦不便插嘴,甲板上一片静寂。

船停了下来。隽芝凭栏看到翠绿色海水文静地缓缓荡漾,忽然觉得她无法承受这许多不公平现象,为着宣泄压力,她做了件极其古怪的事:穿着白色短衫短裤的她爬下水手才放下的绳梯,轻轻扑通一声,和衣跃进水中。

易沛充吃一惊,忙去看她有否危险,翠芝说:"不怕,任她去。"

浸到海水,隽芝头脑清醒了,她一下一下向外游去,然后在附近水面上载沉载浮,希望借水的凉意洗涤心头烦恼。

隽芝长长叹息。

再聪明机灵独立千倍,也不知道该如何给大姐忠告,隽芝又重浊地呼出一口气。

忽然听得有人说："你吓走了我的鱼。"

她转身，发觉不远之处有一只舢板，船尾坐着一个正在垂钓的年轻人。

她不想与人搭讪，故此轻轻游开。

那人又说："游艇上有什么恐怖？为何冒死跳水逃命？"他都看见了。

隽芝停止划水。

那年轻人笑起来露出雪白的牙齿，衬着黝黑结实肌肤，"上来，我有冰镇契安蒂白酒"。

隽芝挑战他："有没有水果？"

"葡萄、蜜桃、哈密瓜、椰子、石榴。"

隽芝不信，游过去，攀住艇边，往里看，那小伙子没骗她，他打开手提冰箱盖子，满满都是色彩诡艳的时果。

他说："我还有烟鲑鱼及勃鲁加鱼子酱。"

隽芝诧异，"你独自出海来庆祝什么"。

他笑，"庆祝我好好活着，而且身体健康"。

隽芝被这两句话感动了，真的，有什么是不能解决的呢。

年轻人绞起鱼竿，伸出一只手来，把隽芝拉上艇去。

隽芝浑身湿透，虽不至纤毫毕露，但那薄薄白衫紧贴身上，也颇是一幅风景。

年轻人打量她一下，"那艇上有什么，"他再问一次，"有人向你求婚？"

他有一双会笑的眼睛，许只得二十岁出头，可见享受生活是一种天赋，与后天修养没有太大关系。

隽芝当下回答："比你说得更糟，看到甲板上那群孩子没有？"

那年轻人笑问："都是你的？"

"正是，逼得我逃生。"

他斟酒给她，递过去一方大毛巾。

"如果你决定不回去，我不反对。"

"你有没有一副望远镜？"

小舢板上应有尽有，隽芝架起小型望远镜往大船看去，只见两位姐姐同易沛充正在投入地讨论那个难题。

沛充真好，总是尽力帮人，他人的烦恼，通通与他有关。

年轻人笑笑问道:"那是孩子们的父亲?"他照她的意思胡扯。

"是,"隽芝脱口答,"两位女士是我们双方代表律师,现正努力谈判利益。"她信口编起故事来。

"让我想一想,孩子归他,财富归你。"

"不,"隽芝心一动,"孩子归我,余者归他。"

她放下望远镜,咬一口蜜瓜,"谢谢你盛情招待,我要回去了"。

"喂,"年轻人急道,"我们约好了私奔的!"

这样懂得嬉戏,确实难得,隽芝愁眉百结中笑出来,"下次,下次一定"。她跳下水。

"喂,记得你的诺言。"他一直嚷。

诺言,他还相信诺言,真正浪漫。

隽芝回到大船上,再转头看,已经不见了那艘舢板。

水手说:"降雾了,最好不要下水。"

孩子们仍然欢天喜地,他们独特天赋是尽情享乐,管他打仗也好,灾难也好,只有藤条到肉才算切肤之痛。

隽芝在浴室用清水冲身,沛充在门外问:"你没事了吧?"

"你们决定如何？"

"翠芝反对，我赞成，筱芝暂时不表决。"

"翠芝具何理由？"

"一、筱芝已有三个孩子。"

"不通，"隽芝说，"每个生命都是独立的，怎么可以因他有三个哥哥而把他牺牲掉。"

"二、有了他，势必不能与祝某爽脆地断绝关系。"

"错，他们已经有三个孩子，怎么可能一刀两断，况且，撇开其他不说，多年来表现证实老祝绝对是一个尽责的好父亲，筱芝一定得让他知道这件事。"

"三、人们会说筱芝乘机要挟。"

"叫人们跳进海里去死。"

隽芝打开浴室门，发觉两姐姐也在听她发表伟论。

隽芝掠掠湿发坐下来。

"你投赞成票？"翠芝问。

隽芝点点头。

翠芝讶异，"我还以为你痛恨孩子"。

"不喜欢是一回事，承认他们有生存权益又是另外一回事。"

筱芝不出声。

"筱芝，最后决定权在你本身。"隽芝转向她。

翠芝说："筱芝本来打算随孩子升学念一个课程，接着找份工作，从头开始。"

"稍后吧，她又不必为经济情况担心，到了外国，一样可以雇家务助理、保姆、管家。"

"这次她落了单，谁照顾一名超龄产妇？"

隽芝答："惨是惨一点，可是你想想，三个男人共一名婴儿都能够过活，我们也可以。"

"那只是一出戏，隽芝。"翠芝给她白眼。

"我愿意照顾筱芝。"

筱芝说："我会照顾自己，这件事，除出我们四个人，不必向旁人公开。"

"老祝总该知道吧。"

"他不重要。"

"他是孩子的父亲，"隽芝忽然压低声音，"不是吗？"

"去你的！"筱芝恼怒。

易沛充忽然开口:"筱芝说得对,男性地位卑微,我们除出努力事业,别无他方。"

翠芝说:"我累得好像被炸弹炸过,叫水手往回驶,我要好好睡他一觉。"

筱芝终于除脱墨镜,这时大家才看到她双眼肿如鸽蛋,不知哭过多少次,哭了多久。

隽芝与她紧紧拥抱。

"我马上找人装修公寓,你搬来与我同住。"

"不用,我自己可以安排生活。"

隽芝称赞她:"我早怀疑那浓妆与皮草底下是一个精灵的灵魂。"

翠芝摇头:"我不赞成,筱芝已经做够受够,她应当留些时间精力给自己。"

筱芝说:"我还有充分的时间考虑。"

"隽芝,"翠芝看着小妹,"你要是舍不得,大可自己生一个。"

"我没有丈夫。"

"筱芝也没有。"

隽芝嗫声。

她回到甲板上，心不在焉地与孩子玩纸牌游戏。

才两局，因出千，被孩子们摈出局。

船渐渐驶向市区。

回程中隽芝杯不离手，到家中有七成醉，空肚子，特别辛苦，沛充留下照顾她。

她同沛充说："去，我们去找老祝，把他与他新欢的头砍下来当球踢。"

沛充一本正经答："要吃官司的。"

"我们太有修养太礼貌了，为什么要尊重他的隐私他的选择？应当打上门去泄愤。"

"舌头都大了你，休息吧。"

隽芝闭上眼睛，泪水就此汩汩而下，无法休止，哭得透不过气来，沛充过来替她擦泪。

"所有的选择均是错的。"她呢喃。

"是，是。"沛充一味安抚。

"我不但为大姐伤心，我亦为自己伤心。"

"我明白。"沛充只能那样说。

"不，你怎么会明白，你知道我母亲的事吗？我为她伤心一生。"隽芝紧闭双目。

沛充一怔，他只知道隽芝母亲早逝，她不提的事，他从来不问。

隽芝在这个时候，身子转侧，不再言语，她终于睡着了。

沛充叹一口气，他也觉得疲倦，于是过去躺在长沙发里假寐。

没想到隽芝如此重姐妹之情，感同身受这四个字，放她身上，当之无愧，女性感情之丰富，可见一斑，换了是兄弟，亲厚的至多予以若干支持，平日没有往来的更可能漠不关心。

比较起来，姐妹是可爱得多了。

隽芝身子蠕动一下。

她做梦了。

身体悠悠然来到一个悬崖边，抬头一看，是个秋高气爽的好日子，蓝天白云，峭壁下一片碧海，景色如一张明信画片般。

就在悬崖边，矗立着一座灯塔。

隽芝转过头来，发觉不远有一个小女孩正蹒跚朝她走来，她听到自己叫她："踢踢，这边，这边。"

才一岁多两岁的孩子咕咕笑，张开胖胖双臂，扑到她怀中，隽芝爱怜地把脸直贴过去。

她看仔细了幼女的小面孔，她不是二姐的踢踢，这是谁？既陌生又无限亲热，隽芝无限诧异。

小孩指指灯塔，示意上去。

"哗，"隽芝笑着求饶，"几百级楼梯，我没有力气了。"心底却不舍得逆这小孩的意。

隽芝吻她一下："你是谁，你叫什么名字？"

那小女孩忽而笑了："囡囡，囡囡。"

隽芝大乐："你的名字叫囡囡？"

小女孩点点头。

"好，我们爬上灯塔去。"

她把孩子转背到背上，叫她揽紧脖子，隽芝心甘情愿地一步一步攀上灯塔的回旋梯。

走到一半，梦中角色忽然掉转，隽芝发觉背着她走的是母亲大人。

她直叫起来："妈妈，妈妈，停停停。"

母亲满额汗转过头来，脸容仍然无比娟秀，充满笑容，"妈妈不累"。

隽芝直嚷："让我下来，我自己走。"

母亲说："快到了。"

隽芝挣扎，一定要下来。

易沛充在这时推醒她："隽芝，做梦了？"

隽芝睁开双目，"灯塔，灯塔"。

沛充笑，"明日找心理医生问一问，梦见灯塔代表什么，许是名成利就"。

隽芝撑着起来问："什么时候？"

"晚饭时分。"

唉，餐餐吃得下才叫作难得呢。

隽芝掠掠头发，忽然说："沛充，让我们结婚吧。"

沛充毫不动容："婚姻并非用来填充失意。"

"我有什么失意，我事业如日中天，身体健康，青春少艾。"

"情绪不稳之际最好什么都不必谈。"

"一、二、三，错失了机会可别怪我。"

沛充拍拍她肩膀，"隽芝，我永远支持你"。

沛充的确是个益友，他才不会陪她疯，这人是好丈夫，绝对做得到一柱擎天，隽芝略觉安慰。

半夜，她问自己：谁家的孩子叫囡囡？

记忆中没有这个名字。

囡囡代表谁，代表什么，会不会是大姐的未生儿？

第二天一早隽芝接到莫若茜的电话。

"先讲私事，隽芝你是否有相熟的装修师傅？"口气十万分火急。

隽芝睡眼惺忪，"这种时候，不宜动土动木吧"。

"唉，你有所不知，到今日我才发觉浴室洗脸盆的位置竟在肚脐之下，平日为它折腰还无所谓，如今腰身僵硬，每日洗脸，变成受罪，非换过一只不可，起码高及腰部才方便使用。"

"好好，我马上给你联络号码。"

"隽芝，孕妇真是被疏忽冷落歧视的少数民族。"

隽芝打个哈欠，"照统计，平均二十一个适龄妇女中，只有一位愿意怀孕生子，生意人多精灵，才不会大量设计商品投资在你们身上"。

"我去看过孕妇装，哗，丑不可言，式样怪得会叫，隽芝，你的老本行可是服装设计，拜托拜托，做几件像人穿的孕妇服给我，造福人群。"

隽芝心一动，真的，设计完之后拿到工厂托熟人缝好了，反正大姐也需要替换衣服。

"没问题，包我身上。"她慷慨应允。

"隽芝，患难见真情。"

"你这是大喜事，谁同你共患难。"

"隽芝，你不能想象人类科学之落后，"莫若茜随便举几个例，"妊娠期几十种毛病，都无法根治，病发原因不明，连呕吐都不能有一种好些的药来预防，完全逐日靠肉身挨过，真正要命。"

隽芝不语。

"有些症候，光听名称就吓死你，像'子痫性毒血症'，看见字样就魂不附体。"

"老莫，你别看那些书好不好，正常的孕妇与胎儿多。"

"隽芝，我心理也越来越不正常：一日比一日觉得丈夫无用，他只会得在旁拿腔作势，增加压力。"

"嘘，少安毋躁。"

"隽芝，你会觉得我可笑，千方百计，努力数载，才得偿所愿，此刻又诸多抱怨。"

隽芝答："人之常情。"

"嗬，谢谢你的婴儿礼品。"

"不客气，对，老莫，讲完私事，讲讲公事了吧。"

"公事？嗬，对，公事，"平素英明神武的莫若茜竟本末倒置，"大家都很喜欢你那《一千零一虐儿妙方》。"

隽芝听了自然欢喜。

"插图尤其精彩，隽芝，你若开画展，我一定支持你。"

隽芝答："我从来对大事业都没有兴趣，专喜小眉小眼，取悦读者，引起些微共鸣，已经心满意足。"谁知莫若茜也说："恰与宇宙出版社宗旨相同。"

大家一起笑起来。

"请继续惠稿。"

"你打算做到几时？"

"假使体力真的吃不消，我也不打算强撑，本职将由区俪伶兼代，直至我复职为止。"

区俪伶真是厉害角色。

"区小姐极识大体，你可以放心。"

"老莫，要是三五七个月之后，大家发觉没有你日子也一样过呢？"

好一个老莫，不慌不忙地答："世上没有谁地球都在自转之余还绕着太阳公转嘛。"

隽芝笑了。

能有这样的胸襟真正不容易，大抵可以做一个称职的母亲，现代老妈体力虽然差些，但智慧与收入足可补偿其余不足之处。

"你们可以放心，区俪伶绝对不结婚，绝对不生子。"

隽芝从不羡慕任何人，每一种生活，都要付出代价。

"你呢，你到底是哪一种女人？"莫若茜大表兴趣。

"老莫，自顾不暇，别多管闲事。"

老莫呵呵呵笑，苦中作乐，大致上她是个愉快的孕妇，她的另一半想必给她很大的支持。

"对，"隽芝想起来，"你的未生儿叫什么？"

"不论男女，都叫健乐，小名弟弟，或是妹妹。"

嗬，不是囡囡，隽芝惆怅，怅然若失。

起床后，立刻去探访筱芝，与翠芝协助她搬进酒店式公寓。

筱芝并不吝啬，挑了个背山面海的中型单位，芳邻是位著名女星，和善地与她们招呼。

下午，往律师处签署文件。

那老祝准时前来赴约，翠芝与隽芝正眼都不看他，也无称呼，冰冷地在一旁侍候姐姐，一切办妥之后，陪筱芝离去，也没有留意老祝是得意扬扬，抑或脸有愧色。

三个男孩子已经不小，筱芝并不瞒他们，三兄弟很明白父母已经分手，母亲以后再不住在家里。

应付这三个宝贝并非易事，隽芝不会替祝氏新欢乐观，她即使大获全胜，得偿所愿，亦满途荆棘。

男孩子到底是男孩子，没有人哭泣。

老大把母亲的通信地址与电话小心记录下来，看见阿姨伤感地坐在一角，面带前所未见凄惶之意，不禁上前劝慰："不怕，我们永远爱妈妈。"

老二与老三也唯唯诺诺，附和："我们爱妈妈。"

隽芝忍不住笑出来："你们真的理解整件事？"

老大点头："我们也爱爸爸，爸爸也爱我们，只是爸妈不再相爱。"

说得十分正确，表达能力也强烈清晰，隽芝颔首。

"你们三个给我好好做人，不然我就上门来折磨你们。"

往日三兄弟会露出恐惧之色，但这次他们只是没精打采，"小阿姨，有空来看我们"。

"今年寒假去什么地方玩耍？"隽芝改变话题逗他们欢喜。

老大不答，忽然之间，过来拥抱阿姨。

他已有十三岁，一向把自己当大人，老气横秋，把弟弟呼来喝去，表示权威，此刻真情流露，可见还是受了刺激，心灵软弱了。

隽芝用力拍着他肩膀。

这个时候，不得不庆幸三个都是男孩，到底刚强些，坚韧些，且粗枝大叶，无须大人花太多唇舌来安抚他们，噫，重男轻女，不是没有理由的。

许同传宗接代，承继香火一点关系也没有，男孩子的确比女孩容易带，隽芝蓦然想起她新作绘图中幽默地为难的主角全是一个个小男孩，下意识隽芝不舍得罪注定会比较吃苦的女孩。

她长叹一声。

祝家三兄弟并不知道阿姨的思潮已经飞到与他们无关的境界去，只道她还为他们担忧。

老大讨好她说："阿姨，我们可以把整套任天堂借给你。"

隽芝只是摇头。

她决定每天中午去陪大姐一个半个小时。

翠芝不那么方便，她上下班时间是死的，任大学安排，不得有异议，隽芝却是个自由工作者，至多辛苦些挑灯夜战，要走仍然走得开。

筱芝心情表面平和，有时还能讲俏皮话，像"以前早上几只闹钟此起彼落，没有一觉好睡，现在可脱难了"。

当然语气是寂寥空洞的。

隽芝已经非常佩服她，第一，筱芝一句多余话都没有，第二，她对那第三者一点兴趣也无，她完全明白毛病出在什么地方。

"第四名了，希望是男是女？"隽芝闲闲问。

"哎，你怎么会猜到她的名字？"筱芝露出一丝笑。

隽芝更惊喜，"如果是女孩，叫她希望"。

"是呀。"

"端的是个好名字，三个哥哥想必喜欢。"

"是，他们已经很懂事。"

"如果是男孩子呢？"

"管他呢，"筱芝又笑，"龙、虎、豹，随便叫什么都行，你见过郁郁不乐的男人没有，你见过娶不到老婆的男人没有，越是蹩脚男人，越要瞧不起女性，越是落后的国家，女性越没有地位，已是不易的真理，男人容易做呀。"

这已是筱芝至大的牢骚。

隽芝能陪她的时间也并不充裕。

"别担心，怀孕我已经是驾轻就熟。"

那天晚上易沛充接隽芝去兜风。

隽芝扣上安全带，以往看到自己细瘦的腰部，便庆幸自己无牵无挂，是个自由身，一套典雅钟爱的套装，可以穿上三五载，因为身段恒久不变，今日，感觉比较矛盾特殊异样。

在这样艰难时刻，筱芝仍有心情替婴儿命名希望，可见她不以为苦，隽芝没有付出，则毫无收获，母子亲情感受将会是一片空白。

"……才不肯结婚的吧。"

隽芝转过头来问沛充："什么，你说什么，我没听清楚。"

沛充见她心事重重，便答："没什么，听不见算了。"

隽芝还是猜到他问的是什么，"是，家中姐妹多，虽然环境小康，已算幸福，仍然深感女子一生付出多，报酬少，所以感触良多"。

经济情形如果略差，更加不堪设想。

"我看了今期《银河妇女》杂志上你的专栏。"

"你认为如何？"

"把婴儿形容成吸血鬼？"沛充轻微责备。

"我亲耳听见医生说胚胎似寄生虫，岂非更糟。"

"太过分了，你肯定会接到投诉。"

隽芝只是笑。

"整本杂志几乎都集中在有关婴儿题材上。"

因为热门。

二十年前人人谈的是同居是否可行，再早十年是妇女应否有个人事业，事到如今，忽然发现尚有生育能力，再迟就来不及了，今日，或永不，弃权者自误，于是急急寻求怀孕之道，挣扎了整整四分之一世纪的女性又回老路上走。

不过有很大分别，这次，女性总算做了自己的主人，每一步都有把握，完全知道在做些什么。

沛充与隽芝走进山顶咖啡店去。

还没有坐下，沛充便说："隽芝，我们换个地方。"

隽芝在这种事上，反应较慢，脱口问："为什么？"

眼光一溜，即时明白了，不远处坐着一桌兴高采烈的男女，不知在庆祝什么事，已经喝得面红耳赤，其中一名，正是隽芝的大姐夫老祝。

隽芝瞪了沛充一眼，恶向胆边生，"我避他？×，他为什么不避我？"

"隽芝——"

"易沛充，你给我坐下来，要不，你可以一个人走，别忘记你有义务支持我。"

"隽芝，我永远在对你有益的事上支持你，这种盲目纵容，却非我所长，时间宝贵，何必如坐针毡？你要使他难受，首先，你得使自己难受，隽芝，干吗要陷自己于不义？听我说，马上离开是非之地。"

隽芝终于静下来。

要过一会子，才能领会到易沛充的好意，隽芝心中十分悲哀，恶人当道，她又不敢扑上乱打，怕只怕招致更大侮辱，更大损失，不甘心也只得回避。

易沛充拉一拉她的袖子。

隽芝便悄悄乖乖地跟男友离去。

沛充已经吓出一身冷汗。

走到停车场，这才看见老祝的车子就停在不远之处。

隽芝多看了几眼，易沛充一颗心又提了起来，低声道："想都不要想，这是刑事毁坏。"

隽芝叹口气："走吧。"

沛充举起拇指："孺子可教也。"

从头到尾，老祝没有发现他们，这种人天赋异禀，目中无人，诚得天独厚。

"我们换一个地方。"

"不，"隽芝说，"我累了，我想休息。"

"不要为这种事沮丧，况且，这还不是你的事。"

"你说得很对，不过，我要回家赶稿。"

隽芝并没有乱找借口。

回到公寓，她真的摊开笔纸，写起短篇来，故事一开头，已经是二〇四五年的未来世界。

那时，世情比较公道，男女均得工作怀孕，权利与义务分配均匀。

女主角已育有一女，且有份优差，男主角却因身怀六甲而失业在家。

她出门上班时安慰他："亲爱的，不要怕闷，同老张老陈他们通通电话，交换一下心得，爱吃什么多吃些，今晚我有应酬，十点钟左右才回来，放心，我爱你，我一定支持你。"她取出公事包潇洒地扬长出门。

他脸容憔悴，支撑着起来吩咐笨拙狡猾的家务助理办事，不知这疲倦寂寞的一日如何挨过，但，他怀着希望，盼一举得男，安慰高堂……

隽芝边写边歹毒地笑得几乎落下泪来，情绪得到适当的发泄。

隽芝挥笔疾书。

她在十一点钟才回来，到卧室看他，"好吗，别气馁，快了快了，再多熬七八个星期，大功告成，最令人失望的是你们男人必须剖腹生产，又不能喂人奶，啧啧啧，怕？不用怕，手术极安全，哪个女人没做过一两次，不消半个月，就满街跑，生活如常，不过医生说你超重，产后要做做运动，把腹部完全收起才好，就此把身段毁掉，实在划不来，哈欠，我累了，明天见，亲爱的"。

留下他大腹便便在床上辗转反侧未能入睡，心中闪过一丝悔意，当初怎么会央求医生替他植入人造子宫？他矛盾地落下泪来。

隽芝抬起头大笑。

又要接到投诉的吧。

但她厌倦了写多角恋爱故事，以及独立女性如何为名利挣扎的心路历程。

尾声时，女主角散漫目光落在年轻英俊、刚自大学出来、朝气勃勃的男同事身上。

隽芝放下笔的时候已是凌晨。

她到露台坐下，点着香烟，喝一口冰冻啤酒，忽觉肚饿，取出鹅肝酱夹吐司，大嚼一顿。

忽闻隔邻婴儿啼泣。

她看看钟数，噫，是喂夜奶的时分了。

隽芝按熄香烟，扪心自问：就这样过一辈子吗，写些小品，与男朋友逛逛街，与亲友的孩子胡闹，好算一生?

幼婴的母亲起来了，惺忪的声音撮哄着，小东西得到安抚，哭泣渐渐平息。

隽芝觉得眼涩，回到卧室，漱了口，倒床上，盯着天花板，直到天亮，一颗心忐忑，这样的生活，过了二十九岁，就会自潇洒贬为无聊吧。

再过若干年，陪她胡闹过的孩子们都会长大成人，结婚生子，终于有一日，祝氏三兄弟及泣泣踢踢他们也会儿女成群，这班未来社会主人翁看见隽芝姨婆的奇异行为肯定会得向他们父母投诉："那老女人是否有病？"

届时，她又找谁玩去。

也许会有一班志同道合的独身主义者。

不过，与他们又做些什么，轮流话当年，学习园艺，搓牌，抑或郊游？那还不就等于老人院生活，届时老当益壮只有更加悲哀。

隽芝不寒而栗。

是钟点工人拖拉吸尘机的噪声把她吵醒。

这位仁姐颇有时下强人作风，一进门，就急急表露才华，一派天已降大任于斯人模样，忙得如没头苍蝇，似乱钻乱闯，日日气喘喘，脸红红，身怀重任，嗓门大，脚步重，至怕人不知她存在，虚张声势，摆下阵仗，像煞动画片中的无敌超人。

隽芝一直想告诉她：体力在二十一世纪已不值什么，

智力，才战胜一切。

又不想多事，因隽芝没有多余力气，多么讽刺。

莫若茜找得她好不及时。

"老莫，我刚写好一个短篇小说。"隽芝笑道。

"那你现在有空？"莫若茜怯怯试探。

"有，什么事？"

"我想你陪我做检查。"

"没问题，我开车来接你。"

"隽芝，这是一个很可怕的检查。"

"我知道，"隽芝轻描淡写，"可是羊膜穿刺术？"

"隽芝，你真是我的知己！"莫若茜激动不已。

接到老莫，隽芝教训她："你那良人呢，你要让他逍遥法外到几时呢？"

"他出差到伦敦去了。"

隽芝为之气结，又不敢影响老莫情绪，只得沉默。

"隽芝，我本来想一个人上阵，可是实在受不了压力，哭了整夜，我不是怕痛。"

"当然不是，放心，四十五岁的妇女仍然极有可能产下完全正常的孩子，这些风险不应阻止年纪较大的妇女生儿育女。"

"我害怕，"老莫用手掩脸，"已经怀孕十六周，对胚胎早已产生深厚感情，如有不测，我身体心理只怕受不了。"

"嘘，嘘。"

隽芝一直握住老莫的手，进入诊所，才知道这人有多慌张，老莫竟忘了带钱，费用只得由隽芝代付。

隽芝同护士打听："事后可以逛个街喝杯茶吗？"

看护答："不要太累，就没问题。"

隽芝同老莫说："一会儿便知道是男是女了。"

"没想到你这样在行。"

"前天才读到这一章，抽羊水检查其实是数染色体，人体细胞各有四十六个染色体，遗传因子符号就藏在里边，基本成分叫脱氧核糖核酸，哎呀，多一个或少一个，都乖乖不得了。"

"我笑不出来，隽芝。"

"我看过一本科幻小说，书名叫《遗传密码》，原来人类所作所为，一切都受遗传因子控制，到时候便如定时炸弹般发作起来，所以，孩子顽劣或不肯读书，千万不要问他像谁，他就是像阁下。"

轮到莫若茜了。

医生十分和蔼可亲，简单地解释手术过程，向她们展示异常染色体图片，老莫脸色惨白，差些没昏眩过去。

真残忍，隽芝想，受过这种刺激，老莫大抵不可能活至耄耋。

至惨是羊水抽出后还要做细胞培殖，需时约二周。这段等报告的时间才真正要老命。

隽芝在一旁直想分散老莫注意力："医生，是男是女？"

"你希望是男是女？"医生笑吟吟反问。

"我希望他健康快乐。"老莫终于开口。

医生赞曰："讲得好。"

针刺进肚子时隽芝像是听见轻轻叹一声，连她都几乎吓得闭上眼睛。

"也不是什么细微毛病都检查得出来吧，譬如说色盲——"隽芝试探问。

医生接口："色盲是小事。"

莫若茜与唐隽芝齐齐叫出来："嗬，不，色盲是大事，差太远啰。"

医生也承认："是，的确差很远。"

分不出水仙花与玫瑰花的颜色，世界怎么还一样。

隽芝忽然之间想到自己身体健康，除出轻微近视，堪称十全十美，心中不由得充满感恩，真是，应当天天欢天喜地才是，还有什么资格抱怨。

看护扶莫若茜起来。

"怎么样？"隽芝问。

"我没事，"老莫勉强地笑，"我现在真的需要去逛个街，喝杯茶，转移注意力。"

隽芝笑着陪她离开医务所。

老莫真有功力，严重超龄，却完全正常，她只不过略为贫血，心理上稍见悸惧，背部有点作痛，腿部在晚上有痛性痉挛，还有，上卫生间方便时稍为困难，偶尔会头痛，胃灼热，消化不良，皮肤发痒，恶心，呕吐，水肿，失眠，齿龈出血……算什么？不值一哂，每位孕妇均有此经验，谁敢大惊小怪。

宜速速苦中作乐。

隽芝替老莫选购好几幅衣料做宽身衣服，又送她一副平日不大舍得添置的香奈儿珍珠耳环。

喝茶时又把店里最后一块巧克力蛋糕让给她。

见她露出倦容，送她回家。

在车上，莫若茜感动地说："隽芝，你若是男人，我就嫁你。"

隽芝微笑，"我若是男人，我就不会如此同情女人"。

"为什么？"

"男人不知女人之苦，正等于女人不知男人之苦。"

"咄，男人有什么苦？"

"瞧，我说得不错吧。"

莫若茜纳罕地说："上古时代，男性还得冒死出外狩猎，养活全家妇孺，现在男人还不是同我们一样，坐写字楼里明争暗斗而已，什么稀奇？"

"令夫不是外出狩猎未归吗？"隽芝提醒她。

"多劳多得，他自己的事，我可不是他的负担。"

"那是因为你能干。"

"那是因为现代妇女凡事都得自己动手，"莫若茜终于感慨了，"为什么我们要做那么多？"

隽芝很镇静地回答："因为我们贪婪，我们什么都想拥有。"

莫若茜一怔，被隽芝说中要害，顿时噤声。

贪呀，当然要吃苦，争取自由自主，离家独立，就要努力工作，赚取薪酬，支付账单，怎么不苦。

不甘心做普通人，要争取名利，出人头地，扬眉吐气，就得下场竞技，少不得做多错多，出尽洋相，得不偿失，苦中加苦。

有了事业没有婚姻诚属美中不足，于是一把抓，设法兼顾，直忙乱得头顶冒烟，少不得抱怨什么都得亲力亲为，吃了大亏。

稍微时髦些的女性动辄爱说："我是完美主义者。"

当然吃苦吃到眼珠子，苦浸眼眉毛。

隽芝喜欢事事放松，善待自己：写作，不一定要当首席作家，嫁人，也不必要做贤妻，尽力，过得去就算了，婴儿健康活泼便好，美妈才生美女，中人之姿，有何不可？

何必企图事事跨越天分，强己所难。最惫懒的时候，隽芝会说："是，我并非十全十美，我诚然百孔千疮，阁下你呢？"

隽芝当下笑道："既然什么都有了，求仁得仁，不要抱怨。"

老莫是一位合理知足的成年人，便笑道："我们杂志某专栏作者在女儿六岁生日时多谢孩子从未间断天天给她带来欢笑。"

"看，还是值得的吧，她真幸运，尽得天时地利人和，方能尽享弄儿之乐。"

到了莫府，隽芝说："好好睡一觉，等待医生报告出来，还有，别看那些最新有关胚胎的医学报告书籍了，吓死人不偿命。"

回到家，隽芝摊开笔纸。

打了一个草稿：两个已成形的胎儿各在母腹中以传音入密异能交谈："虐待我们，怎么可能？我们略为不妥，他们已经魂不附体。"接着咕咕笑。

唐隽芝太天真了。

区俪伶亲自追稿，隽芝正在裁剪孕妇服。

区女士闻讯笑曰："不如开一个缝纫专栏。"

"现代女性视女红为侮辱，谁敢叫她们拿针。"

"真的，都没有空了，都现买。"

"有时间也去学电脑学日文比较合理，现在早已没有妇女杂志教人做布娃娃了，出专辑或可，总不乏有心人捧场，当然，这都是愚见。"

"唐隽芝，你这人挺奇怪，自身那么具家庭妇女本质，却反对女性做纯家庭妇女。"

隽芝笑，"百分之九十时装大师是男人，区女士，我只是不希望女友们穿着丈夫的大衫大袍度过怀孕期而已"。

"不管怎么样，你是一个好妻子。"

"我不会结婚。"

"这句话是我的座右铭，倒被你抢来用。"区俪伶纳罕，"要不要打赌，唐隽芝，两年内我包你结婚生子。"

隽芝气结："你包不包我生儿子？"

"不包，我喜欢女儿。"区俪伶大笑。

比起莫若茜，她又是另一个型，但隽芝觉得她不难相处，那是因为唐隽芝本人亦不难相处，同人来往，好比照镜子，不要抱怨他人为何处处留难，窄路一条，你不给人过，人家怎么过。

约好明日派人来取稿。

易沛充见她工作忘我，因好奇问："到底稿酬养不养得活自己？"

隽芝逮到机会，哪里放过，即时抬头做痛心疾首状："没想到你是那么市侩、庸俗、斤斤计较，把一个钱字看得那么重！"

把易沛充弄得啼笑皆非，一口啤酒险些喷将出来。

他就是这样爱上唐隽芝的，她给他欢乐，三言两语，生趣无穷，平凡的下午顿时活泼欢乐。

他把脸探过去，"你总得有个女儿吧，让她承继你的诙谐滑稽"。

隽芝瞪他一眼："我对人欢笑背人愁，你又知不知道？"

"这不是真的。"沛充摇头。

"伤心事数来做甚，你有兴趣听吗，包你双耳滴出油来。"

"老实说，我真的不介意听，你肯讲吗？"

"不，我不讲，每个人都有他的隐私秘密。"

沛充蹲到她面前，"等你愿意讲的时候，那么，我们可以结婚了"。

"我并不希企同你结婚。"

隽芝趁空当把剪裁好的多幅料子拿到旧同事处，他们正在午餐，见到隽芝，纷纷笑着欢迎："大作家来了，大作家念旧，不嫌弃我们，差遣我们来了。"

隽芝啐他们。

她把料子取出，逐一同他们研究。

旧同事们立刻凝神，唐隽芝一向在该行表现出色，这几款新设计样子突出、简单、美观，即使平时，亦可穿着。"喂，当心我们抄袭。"

"欢迎试用、比较。"

"做给谁，你自己？"大家抻长了脖子。

"家姐，她不喜有蝴蝶结、皱边、缎带的孕妇服。"

"我们替你赶一赶，包她满意。"

"拜托拜托。"隽芝抱拳。

"以前做同事时又不见如此礼让客套。"他们一直调侃。

"别再搞气氛了，再说下去，我一感动，保不定就回来做。"

"哎呀，吓死人，我们假客气，你就当真，快把她赶出去。"

隽芝一边笑踏出办公室。

"唐隽芝，你就是那个唐隽芝？"

隽芝转过头来，看到一位英俊黝黑的年轻人，那清爽的平顶头似曾相识，是谁呢，这张漂亮面孔应该不易忘记。

隽芝连忙挂上微笑，待他报上姓名。

那年轻人老大不悦，"没良心的人，居然忘了我是谁"。

隽芝退后一步，收敛笑容："你是谁？"

他板着脸，"我是那个你约好了私奔的人"。

隽芝指着他，"你，你，你"。

他笑了，唇红齿白，"可不就是我，我，我"。

隽芝也笑，"你，唉，真不是时候，今天亦不是私奔的好时候"。

"我早知道你是感情骗子，吓走我的鱼，喝光香槟，吃掉水果，走得影踪全无。"

隽芝笑问："你怎么会在这里出现，知道我的名字？"

"唐隽芝，我是郭凌志。"

"嗬，你便是郭君，久仰大名，如雷贯耳，为什么不早说？"隽芝直蹬足。

隽芝离职之后，顶替她的，便是郭凌志，因时间匆忙，他们虽没见过面，可是通过几次电话。

"就是我了。"郭君双手插裤袋中。

"没想到你那么年轻。"隽芝脱口说。

"我对你亦有同感。"郭君笑。

他自从上任以来，表现出众，早已升过几次，现任总设计师职位，位极人臣，贸易发展局将他作品拿出去国际参展，每战每胜，各路英雄，谁不知道有个郭凌志。

"唐隽芝，我对你的设计，至为钦佩。"

"哪里哪里。"

"你若不是心散，在本行坚持到底，我们恐怕不易讨口饭吃。"

隽芝一怔，三言两语把她优劣坦率道破的人还真只得他一个，好家伙，一上来就是真军。

"你能喝杯咖啡吧？"

隽芝要到这个时候，才知道自命潇洒的她有多拘谨狷介，她坦白地说："我没有心理准备，我需要时间考虑。"

对方愣住："考虑什么，咖啡，私奔？"

他诧异了，这同传说中充满艺术家气质的唐隽芝完全不同。

"下次吧。"隽芝说。

己所不欲，勿施于人，她可不愿意易沛充贸贸然跟旁的女性去喝咖啡，谁知道咖啡后边藏着些什么因同果，说不定一给机会，即时萌芽。

小汽车里的电话响起来，易沛充说："翠芝找你，她在筱芝公寓。"

隽芝马上在大路掉头，"我即刻赶去"。

"喂，小心驾驶。"

他知道她脾气，隽芝踏下油门加速。

赶到目的地，翠芝来开门，神情相当镇定，筱芝坐在露台观赏海景，亦安全无恙，隽芝放下心来。

翠芝斟茶给妹妹。

"我听说有事。"

翠芝朝筱芝努努嘴。

"不是那第三者令她难堪吧。"

"那女子才没有能力骚扰她。"

"真看不出筱芝有这样的能耐。"

翠芝答:"在什么环境,演什么样角色,在祝家,剧本如此,角色如此,骑虎难下,非合力拍演不可,我们看到的,自然只是一个小生意人浓脂俗粉型的妻室,此刻她做回自己,自由发挥,潜力顿现。"

隽芝看看筱芝背影,"她在为什么题材沉思?"

"胎儿恐怕保不住。"翠芝声线很平静。

隽芝却一凛,十分惋惜,低下头来。

"不要难过,按统计,四次怀孕中约有一胎如此。"

"筱芝接受吗?"

"你说得对,因是女婴,她不愿放弃。"

"嗬,是个女孩。"隽芝动容,鼻子酸痛。

"正是,若长得像母亲,还真是小美人儿。"

"自小可以穿狄奥[1]。"隽芝向往。

"应比菲菲华华出色。"

"是什么毛病？"

"很复杂，胚胎的横膈膜[2]穿孔，部分内脏往胸膛上挤，妨碍肺部发育，引致呼吸系统失效。"

"慢着，"隽芝皱上眉头，"我读过报告，这症已可医治。"

"隽芝，算了吧。"

隽芝颓然。

"要远赴史丹福[3]医学院检验，胚胎手术尚在实验期间，成功率非常低，小姐，何必要筱芝吃这个苦，大人比小孩要紧，筱芝也有权存活，你说是不是。"

这时筱芝自藤椅上站起走进来。

这次连隽芝都央求："下次吧，筱芝，下次吧。"

筱芝斟杯茶，喝一口，"哪里还有下次，即使有，也不是同一个孩子"。

---

[1] 即迪奥。

[2] 膈的旧称。

[3] 即斯坦福。

隽芝不敢透大气。

"我不会轻易放弃，我要到美国去一趟。"

筱芝像是已经下了决心。

翠芝只得摊开手，"筱芝，你的孩子，你的生命"。

"慢着，这也是祝某人的孩子。"隽芝想起来。

筱芝看着小妹，"隽芝，不要给我添麻烦，我一生从未有过真正主权，二十一岁之前一切由父亲代为安排，大学念什么科目都只因父亲说过'女孩读英国文学顶清秀'，直至毕业糊里糊涂，稍后嫁入祝家，大家都知道那是父亲生意伙伴，生活虽然不错，但从不是我自己选择，这次不一样"。

两个妹妹面面相觑。

"这次我要拿出勇气来。"

隽芝担心她误解了勇气的真正意义。

她清清喉咙，"大姐，俗云，大勇若怯，大智若愚，大巧若拙，匹夫之勇，不计后果，累人累己"。

筱芝并不生气，笑笑答："我知道两位对我的能力有所怀疑。"

隽芝说："筱芝，健康的人尚得经受那么多磨难，还没有出生就要做手术，于心何忍。"

筱芝微笑，"于是，你赞成剥夺她生存权利"。

"我不是那个意思。"

"隽芝，你明明就是那个意思。"

隽芝举手投降，翠芝讲得对，她的孩子，她的生命，她坚持要背这个十字架，隽芝无话可说。

她取起外套手袋，简单地说："需要我的话立刻召我，不用迟疑，再见。"

筱芝要把她历年贮藏，从未动用过的勇气孤注一掷，夫复何言。

豪华公寓楼下是泳池，有三两洋童嬉水，隽芝驻足呆视，半晌，忽而流下泪来，不禁掩脸坐倒在尼龙椅上。

这时有两个女孩一右一左上来围住她。

隽芝听得她们用英语对白："妈妈叮嘱不要同陌生人说话。"

"但她在哭。"

"哭泣的陌生人还是陌生人。"

有小手轻轻拉她："你为何哭？"

隽芝答："因我哀伤。"

"有人欺侮你？"

隽芝摇摇头。

"没有人打你骂你？"

"没有。"隽芝悲切不已。

洋女孩忽然说："那么，一定有人在你身上取走了你钟爱的东西。"

隽芝忙不迭点头："是，是。"

那小女孩子有碧蓝的猫儿眼与金色的鬈发，"噢，"她怪同情地说，"难怪你要哭。"

隽芝的心一动："你叫什么名字，叫囡囡吗？"

"不，我叫约瑟芬，那是我姐姐祖安娜。"

又不是囡囡。

这时易沛充气喘喘赶到，"隽芝，你在这里"。

隽芝看见他，抹一抹眼泪，"我没事，你别嚷嚷"。

"筱芝那边……我们再商量。"

女孩对沛充说："刚才你的朋友哭呢。"

沛充看隽芝："不再痛恨孩子？"

"我们去喝一杯。"与尔同销万古愁。

"你太投入筱芝的私事了，姐妹管姐妹，友爱管友爱，但她与你是两个不同个体。"

"易沛充，我希望你暂停训导主任之职。"隽芝疲倦。

易沛充立刻道歉。

这是他性格上的缺憾，他好为人师，时时惹得隽芝烦腻，此刻他知道她需要的其实是言不及义的损友，什么不理，陪她欢乐今宵。

两人到酒馆坐下，隽芝先灌下两杯苦艾酒，脑子反而清醒了。

她放下杯子，开口说："这件事——"

谁知易沛充马上给接上去："还得通知一声老祝。"

隽芝大笑，两人究竟心意相通，她不禁在大庭广众之下伸出臂去拥抱易沛充。

"拨电话叫他出来，你去，男人同男人易说话，男人始终给男人面子。"

沛充说："你等我一下。"

他走到一个冷静角落，取出寰宇通电话，拨过去，接通之后，才说两句，就站起来同隽芝说："他马上来见我们。"

隽芝沉默，在今时今日来说，老祝这种态度，还真算是个负责的好人呢。

"你同他说。"

沛充打趣她："我俩又无名分，否则，他还可以算是我姐夫，如今陌陌生生，如何冒昧开口。"

"你不怕我们家的不良遗传？"隽芝黯然。

"也许是祝家那边的因子。"

隽芝抬起头，"他来了"。

一千零一妙方

叁·

至令我们快乐的人，
也就是使我们悲痛的人。

老祝永远西装笔挺，他与筱芝看上去都比实际年龄小一截，多年来养尊处优，十分见功。

他坐下来，一副生意人油腔滑调，偏偏以诚恳姿态演出："妹妹找我何事？"

隽芝木无表情。

易沛充义不容辞："老祝，请过来，我先同你把事情概略说一说。"

他把他拉到一个角落坐下。

隽芝远远看着他俩。

沛充的表达能力一向上佳，最主要的是，他比隽芝冷静、客观、温和。

只见老祝的表情如走马灯般快速转变，先是敷衍、虚伪，随即变意外、诧异，接着他取出手帕印汗，双目充满悚惧、悲伤，待易沛充交代完毕，祝某已脱胎换骨，变成另外一个人。

隽芝完全没想到他还存留有真感情，不禁大大意外。

与一般小姨子不同，隽芝并不崇拜姐夫，也不希企自他们身上得到什么好处，她一向冷眼对待他们，并不接近，这还是她第一次细细观察老祝。

只见他激动地站起来，易沛充把他按下去。

在这个时刻，隽芝忽然想起那位第三者，那想必也是好端端一个清白的人，却误信属于他人的伴侣有朝一日会合法地属于她，独立挑战他人十多二十年来千丝万缕的人际关系，此刻，她已挫败。

沛充伸手招她。

隽芝知道这是她登场的时刻了。

她过去一看，老祝的双目通红，当然不是做戏，他才不屑在唐隽芝与易沛充面前做如此投入演出。

"好了好了，既有今日，何必当初。"隽芝仍然对他不客气。

只听得老祝毅然说："我这就去找筱芝，我陪她前往史丹福。"

隽芝错愕，她到这一分钟才明白老祝与筱芝当初是怎么结的婚，这一对表面上旨趣毫不相同的夫妻原来有一个共同点：热爱新生命。

隽芝开口："老祝，我与翠芝的意思是，不想筱芝白吃苦头，想劝她弃卒保帅。"

谁知老祝一听，像是吃了巨灵掌一记耳光，张大嘴，瞪着小姨，半晌才说："你忘了我们是天主教徒。"

忽然抬出天主，隽芝笑得打跌，"姐夫，天主教徒是不离婚的，别忘记你刚同筱芝分手"。

易沛充打圆场，"也许你应先与筱芝的医生谈谈"。

"她仍往尹大夫处吗？"老祝急问。

"是，还有，姐夫，不要贸贸然去找筱芝引起她反感，否则她会躲到我们找不到之处，她是那种一生不发一次脾气，一发不可收拾的人，你明白？"

老祝点头，"我事事先与你们商量"。

说着眼泪忽然夺眶而出。

隽芝别转头，不去看他的窘态。

老祝匆匆离去。

易沛充充满讶异说："他仍爱筱芝。"

"不，"隽芝摇摇头，"他爱他的骨肉。"

"爱孩子的人总不是坏人。"

隽芝悻悻然，"那我一定是豺狼虎豹，牛鬼蛇神"。

沛充微笑不语。

过一会儿沛充问："你猜他们会不会因此重修旧好？"

隽芝冷笑一声，"你怎地低估筱芝"。一脸鄙夷。

沛充马上知道，在隽芝面前，一次错不得。

"你有没有时间，要不要同我倾谈心事？"

隽芝冷冷看他一眼，"我会找心理医生"。

"唏，别一竹篙打沉一船人，迁怒于我。"

隽芝这才发觉她们唐家三姐妹的对象，其实全属同一类型：聪明、机智、冷静、专业人士，伴侣一比上去，少一成功力都不免成为无知冲动的妇孺，真得小心应付。

沛充见她沉思，心知不妙。

聪明的隽芝一凝神，便计上心头，叫他疲于奔命，偏偏他又不喜笨女人，他只希望隽芝多多包涵，为他，略做笨拙状。

幸亏隽芝已略为缓和，终于轻轻说："请送我返家。"

车才停下，隽芝便抢进电梯。

司阍叫："唐小姐，唐小姐。"

易沛充转身问："什么事？"

司阍但求交差，哪里在乎你们家人际关系，便自身后取出一只花篮，"这是送给唐小姐的，麻烦你拎上去"。

易沛充只得接过。

花篮上累累插满罕见名贵各式白色香花，沁芳扑鼻，易沛充心中不是滋味，呆半晌，才捧着花走进下部电梯跟上楼去。

花篮上当然有卡片，只是打死易沛充也不会去偷看，时穷节乃现，易沛充自有他的气节。

许只是女友所赠，现代妇女出手比男人阔绰多多，自从经济独立以来，没有什么是异性做得到而她们不能做得更好的。

赶到楼上，隽芝刚刚用锁匙打开大门。

她一看到花，就知道是谁的主意。

取过卡片打开一看，只有钢笔写着两个字：下次？隽芝笑了。

沛充同隽芝走了那么久，第一次觉得信心噗一声穿了孔，渐渐扩大，稀薄，使他震惊。

为了掩饰无措，他站起来告辞。

隽芝并没有挽留他。

沛充离开之后，隽芝只想轻松一会儿，她取起电话拨号码，大声说："我也只是一个人！"

接线生问她找谁，她说："郭凌志。"

郭凌志的声音一接上，她就问："你走得开吗？"

他自然认得她的声音，"一个人走不开只得一个原因，他不想走开"。

"到府上参观一下行吗？"她早听说他那王老五之家布置一流。

他笑，"不要相信谣传"。

"三十分钟后在门口楼下等你。"

当然不管一篮子花的事。

唐隽芝实在闷得慌，想与一个不相干的人散散心，聊聊天，减轻压力，并非对郭君不敬，从前爷们出去吃花酒，也是这个意思。

郭凌志比约好的时间早五分钟到。

心里边想，假使唐隽芝迟十五分钟，她非常正常，迟二十五分钟，证明她观点比外形落后，迟三十五分钟，对她智慧要重新估计。

但是唐隽芝一刻不迟，准时出现。

郭凌志一凛，她是一个认真的人，不容小觑。

她笑笑踏上他的车，他递给她一盒巧克力。

隽芝笑："要讨得女人欢心，就得让她不停地吃？抑或，嘴巴同一时间只能做一件事，一直吃就不能说话？"

"我挺喜欢听你说话，我允许你一边吃，一边讲。"

隽芝精神一振，"谢谢你"。

她是那种不怕胖的女子：哪里有那么容易胖，也要积一二十年无所事事的无忧米才行。

"我这就开始讲。"

"请便。"

车子往郊外疾驶而去。

想半天，已习惯写作的她竟不知从何开始，只得说："家父没有儿子，只得三个女儿，不过仍然非常欢喜。"

郭凌志马上知道她心中积郁。

隽芝把脸朝着窗外，"我从来没有见过家母，"不知怎的，她用非常平静声音轻易说出多年藏在心底的心事，"家母生养我的时候，染上一种非常罕见的并发症，数月后去世，离开医院的，只得我一个人。"

郭凌志完全意外了，但表面上不动一点声色，只是纯熟地把高性能跑车开得如一支箭般飞出去。

没想到今天他担任一个告解神父的角色，何等荣幸。

速度舒缓了隽芝的神经，她说："我一直内疚，觉得不应原谅自己。"

郭凌志暂不作声。

"我的出生，令父亲失去伴侣，令姐姐们失去母亲，如果没有我，家人不会蒙受惨痛的损失。"

小郭把车子驶上一个小山岗停下。

"我平时生活积极，因为若不加倍乐观快活，更加对不起家人。"

小郭转过头来，"所以你时常觉得累"。

"你怎么知道？"

"一张脸不能挂下来，当然是世上最疲倦的事情。"

他下车，自行李箱取出一只大藤篮，"在这里野餐如何？"

隽芝已经吃光那小盒巧克力。

她收敛面孔上笑容，颓然靠在坐垫上，仰看灰紫色天空，顿觉松弛。

忽然有感而发："至令我们快乐的人，也就是使我们悲痛的人。"

"当然，那是因为你在乎。"

"请告诉我，我应否为母亲故世而耿耿于怀？"

小郭很幽默："我一生所见过所有试卷上都没有比这更艰深的问题。"

隽芝也笑，真是的，刚相识就拿这种问题去难为人，但，"有时凭直觉更能提供智慧的意见"。

小郭摊摊手，"嗯，让我想一想，让我看一看"。他终于反问："历年来背着包袱也不能改变事实？"

"人死不能复生。"

"那还不如卸下担子，过去纯属过去，将它埋在不知名的谷底，忘记它。"

隽芝笑了，这只是理论，人人均懂，但不能实践，埋葬管埋葬，但每一宗往事自有它的精魂，于无奈、寂寥、伤怀之时，悄悄一缕烟似的逸出，钻进当事人脑海，挥之不去。

隽芝下一个结论："你没有伤心过？"

郭凌志承认："你说得对，我很幸运。"

正如那些从未恋爱，自然也未曾失恋的人，老是坚持分手应分得潇洒，至好若无其事，不发一言，并且感慨他人器量浅胸襟窄。

小郭绝不含糊，野餐篮里都用地道的银餐具与瓷碟子，他是真风流。

"唐隽芝，那只是你的不幸，不是你的过失。"

"我可以一辈子躺在这里不动。"

豆大的雨点却不允许他们那样做，小郭上车，绞起车子天窗。

"我们去哪里?"隽芝问。

"如是其他女子,我会说:我的公寓。"

"我有什么不同?"

"你作风古老,容易受到伤害,我不想伤害人。"

"所以!"隽芝做恍然大悟状,"难怪这些年来,没有人对我表示兴趣。"

小郭笑着发动引擎,她太谦虚了,他听过她的事,也知道此刻她名下不贰之臣姓甚名谁。

他也看出她今日心情欠佳,不想乘人之危,"我送你回家,任何时候,你需要倾诉,随时找我"。

"你会有空?"

他笑笑说:"一个人——"

隽芝给接上去:"一个人没有空,只因为他不想抽空。"

他俩笑了。

开头与易沛充在一起,也有同样的轻松愉快感受,渐渐动了真情,沛充老想有个结局,他比隽芝更像一个写小说的人,男女主角的命运必须有个交代:不是结婚,就得分手。一直吊着读者胃口,了无终结,怎么能算是篇完整的好文章？

隽芝就是怕这个。

她不想那么快去到终点，同一个男主角无所谓，场与景则不住地更换，但要求花常好月常圆，一直持续下去，不要结局。

隽芝害怕步母亲与姐姐的后尘。

到家时雨已下得颇大，隽芝向小郭挥手道别。

下一场下一景他或她与什么人在一起，她不关心，他也是，多好，无牵无挂。

沛充虽然也从来不问，但自他眼神表情，她知道他不放心。

倾盆大雨降低气温，头脑清醒，正是写作好时刻。

隽芝把握机会，沙沙沙写了起来，静寂中，那种特殊敏捷有节奏的声音好比蚕食桑叶。

幼时她养过蚕，十块钱一大堆，蠕动着爬在桑叶上，一下子吃光叶子，玩腻了连盒子一起丢掉，简单至极。

筱芝养第一胎她跟父亲做亲善访问，小小一个包里，隽芝不敢走近，离得远远看。

　　只听得父亲慨叹曰："孩子一生下来，即是一辈子的事。"

　　又听得筱芝回应父亲："被父母生下来，也是一辈子的事。"

　　吓得十多岁的隽芝发抖，如此一生一世纠缠不清，不可思议，长大后，果然，她认识不少既要供奉高堂又要养育妻小的夹心阶层，迷失在上一代与下一代之间。

　　黄昏，她用羊肉火腿夹面包吃，易沛充的电话来了。

　　"没出去？"声音里宽慰的成分太高，值得同情。

　　"写作人有时也要写作的。"

　　"明天老祝要带儿子们去见筱芝。"

　　"叫他不要乱洒狗血。"

　　"他说他会在楼下等。"

　　"你叫他明天先来接我，我们一起出发。"

　　"筱芝的公寓挤得下那么多人？"

　　"大家站着也就是了。"

　　"祝你文思畅顺。"

　　那日隽芝写到深夜：两个天外来客来到太阳系第三颗

行星地球做实地考察，深入民间调查，经过好几个寒暑，他们做出报告，结论为"一种不懂得爱的生物，他们有强烈的占有欲、上进心，甚至牺牲精神，生命力顽强勇敢，但是，不懂得爱，最大的悲剧还不止于此，最令人恻然的是，他们人人渴望被爱"。

第二天一大早被大姐夫吵醒，大军压境，一家四口男丁浩浩荡荡上门来。

隽芝连忙把她宝贵的原稿锁进抽屉内。

老祝一进门就坦白："我们还没吃早餐，小妹，劳驾你。"

开玩笑，隽芝哪里来那么多杯子碟子鸡蛋面包，她取过外套，"快往大酒店咖啡座，我请客"。

六岁的老三饿了，不肯走动，哭泣起来。

隽芝想起冰箱内还有一筒去年吃剩的巧克力饼干，连忙取出塞他手中。

"快走快走。"

老三在停车场摔一跤，隽芝就在他身边，硬着心肠不去理他，不小了，应当自己爬起来，可是他两个哥哥却赶着过来一左一右提起他，见他哭，老大把他背在背上。

看了这一幕，隽芝不语，老祝在一旁说："他们遗传了母系的友爱。"

隽芝只有喝黑咖啡的胃口。

她拒与三兄弟同一张桌子，自己一个人分开坐，边看早报，边享受清醒。

老祝咳嗽一声，坐过来，隽芝这才看到他双眼布满红筋。

隽芝在心中冷笑一声，他高估了自己，他不是好情人，一半都不是。

"我见过尹医生，"老祝用手揉一揉脸，"我们谈了许久，他很乐观，已去信史丹福推荐我们做这次手术。"

"你们？是筱芝与胚胎吧。"隽芝鄙夷地看着他。

"是，是，"老祝态度一如灰孙子，"他给我读了几份详细报告，你要不要看？"

"我已知道大概。"

"对，科学真的奇妙，原来已可以成功地用手术将胚胎取出治疗，把羊水泵干，随后再放入子宫，一切恢复原状，"他用手帕擦汗，"待足月后生产。"

隽芝讽刺地说："真简单。"

"我知道你恨我。"

隽芝一听，恼怒起来，拍一拍桌子就斥责："不是爱你，就是恨你，我们唐家女子没有第三条路可走，你逼我说出心中真实感受，需怨不得人，祝某人，我只是讨厌你。"

祝某低下头，喝冰水解窘，半晌才说："好妹妹，你是多智多谋，好歹替我想个法子。"

隽芝冷冷答："我有计谋，早就用在下一篇小说里，我不管人家闲事。"

老祝默默忍耐。

这时，祝家老三忽然走过来，递上一只碟子，"小阿姨，大哥说这是你喜欢吃的玫瑰果酱牛角面包"。这个孩子，长得酷似母亲。

隽芝不禁心酸，每次手术，总有风险，筱芝这次赴美，六个月内必须接受两次手术，生死未卜，有家人陪伴，总胜过孤零零一个人。

她伸手替孩子擦掉嘴角的果酱。

过一会儿隽芝问姐夫："你打算怎么做？"

"我打算把儿子们带过去陪她这重要的半年。"

他们全家持美国护照，在三藩市[1]的公寓房子一直空置，具有足够条件。

"没想到你走得开。"

老祝不语。

隽芝想起郭凌志的至理名言，一个人走不开，不过因为他不想走开，一个人失约，乃因他不想赴约，一切借口均属谎话，少女口中的"妈妈不准"，以及男人推搪"妻子难缠"之类，都是用以掩饰不愿牺牲。

祝某人忽然之间变成天下第一闲人，长假一放六个月，真正惊人。

"……我一直想要个女儿。"

隽芝不出声，这是真的。

"好喜欢二妹的菲菲与华华。"

这也不假，他长期奉送名贵礼物，送得二姐夫阿梁烦起来说："喂，老祝，我们并不是穿不起用不起。"

---

[1] 即旧金山。

隽芝说："她不一定有三个哥哥那么健康。"

老祝毫不犹疑："那我们会更加疼她。"

隽芝看到他眼睛里去："这边的事呢，这边的人呢？"

他答："我自会处理。"

当然，那是他的私事，那么精明的一个生意人，三下五除二，自有解决方法。

隽芝沉吟半晌，"这样吧，筱芝定下赴美日期之后，我马上给你通风报信，你们父子四人，同一班飞机走，有什么话，在十多小时航程中也该讲完了"。

"好办法。"老祝如释重负。

隽芝也松口气。

那边三个男孩子的桌子好似刮过飓风，七零八落，隽芝身上一套米白凯斯咪[1]幸保不失，正在这个时候，那老三又趋向前来，正是：是福不是祸，是祸躲不过，他脚步一松，手中一杯咖啡便泼向阿姨身上，正中要害。

隽芝连忙用餐巾善后，那小子眼珠子骨碌，不知阿姨

---

[1] 即 Cashmere，山羊绒。

这次要怎么炮制他，上次他犯同样错误，她罚他一年之内，每次见她，都得敬礼，并且大声宣称"美丽的隽姨万岁"，因而被哥哥们笑得脸都黄，他恐惧地退后一步。

更令他害怕的是，这会子阿姨一声不响，擦干水渍，叹口气，只说："上路吧。"

老祝一迭声道歉："三妹，我赔你十套。"

隽芝扬一扬手："算了，难怪大姐一年到头穿咖啡色。"

老祝没有上楼去打草惊蛇，他约好三十分钟之后来接回儿子们。

隽芝看着他离去，这个人，此刻恐怕已经知道，他在玩的游戏，不一定好玩，发展且已不受他控制。

筱芝一早在等孩子，看见妹妹身上的咖啡渍，笑着点头："你们吃过东西了。"

"待两个小时，又要再吃。"

"不吃怎么高大？"筱芝不以为忤。

儿子们立刻拥上前去缠住母亲说长道短。

隽芝大声吆喝："当心当心，妈妈不舒服。"

筱芝把隽芝拉到一角，"昨夜我做了一个噩梦"。

"告诉我。"

"我梦见有人抢走了婴儿，腹中空空如也，心碎而哭。"

日有所思，夜有所梦。

隽芝只是笑，"谁要你的产品？看见都怕，送我都不要，你同我放心"。

但筱芝仍然忧心忡忡。

真没想到不再相爱的两个人，会这样爱他俩的骨肉，通常两夫妻不和，首先遭殃的便是孩子，在祝家是例外。

"几时动身？"

"下个礼拜，我已跟那边医生通过话，他们给我很大的盼望。"

"大姐，我陪你上路。"

"不用，你有你的事业，你要写作。"

"什么事业？闹着玩的，嬉戏，你当是真？"

"我这一去，是半年的事，你与翠芝随后分批来看我一两次也就是了。"

"大姐，假如妈妈在生，她一定照顾你。"隽芝心痛如绞。

"对，于是你又怪责自己了：都是你不好，否则母亲活到八百岁，陪我们到永远，看我们的曾孙出世。"

隽芝抚摩姐姐双手。

"隽芝，我知道你反对这件事。"

"我只是害怕，我怕失去你，已经失去母亲，不能再失去姐姐。"

"隽芝，医学不一样了，尹医生稍后与我会合，他对是次手术感到莫大兴趣。"

隽芝苦笑，指指姐姐腹部，"这是名符其实的千金小姐"。

祝氏三虎这时哗一声推倒整张三座位沙发。

"要不要我带他们走？"

"不不不，我还有话同他们说，不能厚此薄彼呀。"

隽芝取起手袋告辞，能够爱真好，无论对象是谁，都是最大的精神寄托。

到了楼下，她看见姐夫的车子停在咖啡座门口，这时她又想吃客三明治，便推门进去。

隽芝看到一幕她最不愿意看到的戏。

老祝与一位妙龄女子坐在环境幽美的喷泉边，正在进行激烈的辩论，两个人都激动投入到对四周围的人与事不加任何注意。

他竟把她约到这个地方来，妻与子就近在咫尺，这样肆无忌惮，毫不含蓄的作风使隽芝觉得厌恶，这简直就是猥琐的。

喷泉水声哗哗，隽芝听不清他们的对白，但这种戏文已经上演过七千次，虽是默剧，隽芝也有足够想象力把正确对白给填充上去。

此刻，那戴着千篇一律大耳环的女子一定在说："你答应与我双栖双宿，此刻又想食言，你没有人格！"

隽芝边吃边喝边替女方的对白做出注解：小姐，你说对了，他当然不是正人君子，否则如何抛妻离子跟阁下泡在一起。

又见老祝握紧拳头申辩，不用问，他必然说："我家发生了重要的事故，我俩关系有变，我必须离开本市，你无须争辩，孩子是祝家的骨肉，我焉能坐视不理。"

女方这时犯了大错，她愤愤不平地问："我的地位，竟比不上一个未生儿?"

啊哈,这下子可精彩了。

不知进退的人,总要挨了耳光,才会忍痛倒下。

果然,老祝冷笑起来,一副话不投机半句多的样子,有意把过去种种一笔抹杀,对他来说,也并不是难事,能够抹掉唐筱芝那一笔,这位女士不过算零星找赎,当然更易处理。

过半晌他说:"我会跟你联络。"

完了。

隽芝真正聪明,竟把他俩的对白猜个八九不离十。

那个女子掩脸痛哭起来,隽芝不晓得她什么身份,可想而知,没有智慧,稍有脑筋的人,都不会陷自身于不义。

她站起来,匆匆离去,一如言情电影中三角关系中的失败者。

老祝召侍者结账。

这时,他刚刚看到慧黠的小姨坐在他对面把最后一口火腿芝士三明治放入嘴巴。

他不禁走过去坐下,"你都看见了?"

隽芝点点头。

老祝惋惜地说："平日，她不是一个不懂事的女子。"

隽芝调侃他："太爱你了。"

老祝看小姨一眼，拿她没辙，"她不愿意等我，她不准我走"。

"没关系，六个月之后，以你这样人才，自会找到新机会新伴侣。"

"隽芝，我已焦头烂额，别再取笑我。"

"谁放的火？"

老祝不语。

"告诉我，你怎么会想到离婚的？"许多问题，隽芝连易沛充都不敢问，可是对姐夫却百无禁忌。

"从头到尾，要离婚的是筱芝。"

"都是女人的错。"隽芝笑吟吟。

"筱芝好吗？"

"过得去，老祝，希望你们共渡这个难关，以后即使东南各自飞去，也不枉夫妻一场。"

"多谢你的祝福。"

"你的儿子下来了。"隽芝指指玻璃。

三个男孩子浓眉长睫，都长着俊朗的圆面孔，高矮如梯级般依序排列，衣服鞋袜整齐美观，不要说老祝视他们为瑰宝，连隽芝看了都觉舒服，而那位女生居然想与这几个孩子一比高下，注定落败。

隽芝看着他们父子四人上车。

老祝说："隽芝，有空来看我们一家。"

隽芝朝他们挥手。

一星期后，她陪姐姐取得飞机票，立刻通知老祝依计行事。

本来叫他们上了飞机才相认，可是三个男孩在人龙中一见母亲，已经围上去，筱芝为之愕然，隽芝连忙做纯洁状躲至一角。

老祝名正言顺站出来掌管一切，统一行李，划连号座位，自然做得头头是道。

筱芝从头到尾，不发一言，只是拖着儿子们的手。

那老三至可爱，把耳朵贴到母亲腹上，细心聆听，"妹妹好吗""妹妹有多大了"，他已知道那是他妹妹，他是她哥哥。

筱芝远远看向隽芝，目光中有太多复杂的感情，尽在不言中。

隽芝与姐姐眉来眼去，示意她"这种要紧关头你就让他们出一分力吧"。

这个时候，敏感的隽芝忽然发觉另有一双亮晶晶的眼睛正在注视祝氏一家五口。

谁？

隽芝看到一张熟悉的面孔，啊，是那个第三者。

她只穿棉衬衣与粗布裤，头发梳一条马尾巴，脸容憔悴，然而也与一般打败仗吃瘪了的面孔没有不同之处，忘记戴那双大耳环，反而有点清爽相，自她惨痛扭曲的五官看来，她对老祝，的确有点感情。

只见她痴痴凝视祝家团聚，不知是羡慕还是痛心。

隽芝觉得非常悲惨，这永远是一场没有胜利者的战争，人人都是输家。

就在这个时候，易沛充赶来送行，一只手搭在正发愣的隽芝肩上，把她吓得跳起来。

他问她在看什么，她没有回答，两人双双上前向姐姐姐夫道别，隽芝把她亲自设计的孕妇服交给姐姐。

百忙中隽芝一回头，已不见了那双眼睛。

它们白亮丽了那么些年，白白做了别人的插曲。

祝家终于走了，隽芝空下来，写了许多稿，却也觉得格外空虚。

她又见过郭凌志好几次，每次约会都投机愉快得使她担心，追求快乐是人的天性，终归唐隽芝会压抑不住！

她每周末跑梁家，死性不改，老是整顿修理菲菲华华两姐妹，小女孩受不住委屈，有时放声大哭，阿梁颇有烦言："三妹，你当心，将来你生下女儿，我也照样炮制她。"

隽芝在这个时候，会觉得秋意特别浓，一件薄凯斯咪毛衣简直抵挡不住那寒意，她哪里来的子嗣？

虽然同志区俪伶一直向她保证"不怕，有我陪你"，她仍觉得自己渐渐成为少数民族。

还未到冬假，翠芝一家已经出发到温哥华旅游，顺带视察一下新移民的就业机会，翠芝笑说："一起来吧。"

"去你的，"隽芝说，"用人陪同服侍不够，还要添我这个随从。"

"你一个人在家干什么，不怕闷？"

隽芝勃然大怒："谁向你说我闷，你见我的眼睛闷还是鼻子闷？我有喝不完的酒，写不完的稿，谈不完的情，花不光的钱，闷？"

"好好好，"翠芝假笑着敷衍妹妹，"那你本年度第三次赴巴黎享受浪漫好了，然后在五星酒店内埋头埋脑醒他五日五夜，因为这次橱窗同上次一样，还没来得及换，连逛街都不再新鲜。"

"唐翠芝，你是个毒妇。"

"跟我们一起吧，我同你到三藩市看大姐，她要做手术了。"

隽芝说："我求求你向我汇报详情。"

"你不去替她打气？"

隽芝额角冒出亮晶晶的汗水来，一脸恐惧神色。

翠芝知她心中有挥之不去的阴影，叹气曰："我明白。"

于是唐隽芝一个月内两度到飞机场送行。

翠芝的行李比筱芝更多，六七只大箱子，不知都装些什么，要塞满它们也很讲一点功力，隽芝出门就永远只得一件手提行李，在海关直出直入，身外物越少越好，但姐姐们的观点角度显然不同。

出版社还没放假，隽芝已经静得发慌，找过区俪伶两次，她都同洪霓开会，事后也没有复电，只托秘书问有什么要事。

偏偏唐隽芝一生并无要事，且引以为荣，并打算终身回避要事，便不方便再去烦人家。

她百般无聊，找莫若茜解闷。

"老莫，我下午带备糕点上你家来谈天可好？"

"隽芝，下午二时至四时是我午睡时刻。"

"那么，我接你出来晚饭。"

"小姐，今时不同往日，一到八时许我已疲倦不堪，动作一如企鹅。"

"什么，孩子还未出生已受他控制，将来怎么办？"

老莫心平气和答："做他的奴隶呀。"

没出息。

"你四点半上来，我们或可以聊三十分钟。"

隽芝本不屑这种施舍，奈何寂寞令人气短，没声价答应下来。

幸亏那是一个愉快的下午。

老莫刚刚睡醒，一看唐隽芝带来最好的奶油芝士蛋糕，乐得精神一振，打开盒子，嗯的一声，连吃三块，面不改色。

隽芝早已习惯孕妇们此等所作所为，医生管医生叮嘱：你们乱吃不等于胎儿长胖，体重增加十二公斤左右最最标准，太重纯属负累，但是许多妇女生下孩子之后仍然超重十二公斤，看情形莫若茜会是其中之一。

精神苦闷是大吃的原因之一，辛苦是原因之二，老莫坐着聊天，隽芝看到她的胎儿不住踢动，隔着衣裙都非常明显，因而骇笑。

隽芝因道："健康得很呀，我跟你说不要怕。"

莫若茜说："我不知道你熟不熟《水浒传》，此婴练的简直就是武松非同小可的毕生绝学鸳鸯脚玉环步。"少一点幽默感都不行。

"老莫，坦坦白白，老老实实，有没有后悔过？"

"嘘，他在听。"

隽芝莫名其妙："谁，屋子里还有谁？"

莫若茜指指腹部，这老莫，另有一功，叫隽芝啼笑皆非。

"我只可以说，即使没有这个孩子，我也不愁寂寞。"

"那何必多此一举。"

"我喜欢孩子。"

"他们固然带来欢乐，但也增加压力。"

"我知道，举个例，你知道我几岁，是不是？我年纪不小了。"

隽芝点点头，老莫一向不瞒岁数。

"人当然一天比一天老，我从来没有介意过，皱纹，雀斑，均未试过令我气馁，但是，此刻我决定在产后去处理一下，说不定整整眉梢眼角。"

隽芝瞪着她。

"我怕孩子嫌我老。"

隽芝张大了嘴，匪夷所思，天下奇闻。

过半晌隽芝问："你的意思是，怕孩子的爸嫌你老？"

莫若茜哧一声笑："他？我才不担心他，他有的是选择，隽芝，我说一段往事给你听。"

"讲，快讲。"正好解闷。

"隽芝，家母三十六岁生我，照今日标准，一点也不老，可是数十年前，风气不同，我十一岁那年同她乘电车，碰到班主任，那不识相的女子竟问我：'同外婆外出？'我恨这句话足足恨了二十年。"

"哗，这么记仇，我要对你另眼相看。"

"隽芝，你不明白，我其实是嫌母亲老相，不漂亮。"

"嗬，六月债，还得快。"

"喂，你到底听不听。"

"不用担心，正如你说，风气同规矩都不一样，令堂的中年，有异于你的中年。"

"但是，"老莫苍茫地说，"最怕货比货，有些母亲只比孩子大十多二十年。"

"现时很少有这样的母亲了。"

"我怕有一天孩子问妈妈你几岁。"

"我的天，你不是打算现在才开始瞒岁数吧。"隽芝吃惊。

"我不会骗他，但我也不打算老老实实回答他，我会与他耍太极。"

"老莫，这完全没有必要！"隽芝跳起来。

"我一直希望有个漂亮年轻的母亲。"她说出心事。

"也许你的孩子没有你那么幼稚。"

"我与家母一直合不来，我们之间有一道大峡谷似鸿沟，无论我怎么努力，都未能讨好她。"

"小姐，或许那只是你们性格不合。"

"是年纪差距太大，我真怕历史重现。"

老莫是真的担心，她额角一直冒汗。

"莫若茜，我知道每个人都有条筋不太妥当，但到了这种地步，你理应反省，来，不要歇斯底里，适当的焦虑可以原谅，你已经过了界限。"

"每个人都有心头刺。"

"好，好，好，"隽芝只得安抚她，"你尽管做一个年年二十九的老母亲好了。"

"他会不会相信？"老莫竟想进一步与隽芝讨论这个问题。

隽芝微笑，"假使他爱你，他不会介意"。

莫若茜这才笑起来。

自沙发上起身时，要隽芝拉她一把。

这一拉是讲技巧的，不能光用蛮力，隽芝训练有素，懂得使巧劲发力。

"隽芝，几时轮到你呢，你也来炮制一名小小唐隽芝吧。"

隽芝拼命摇动双手，"我只是自爱，绝不自恋，我不自觉了不起，世上有我一个无用之人已经足够，不必复制一份"。

"那副机器在你身上，隽芝，按着自然定律，它有休工的一天，届时长夜漫漫，后悔莫及，别说愚姐不忠告你。"莫若茜危言耸听。

她的口气，一如筱芝翠芝，好似同一师傅教出来。

"你们是你们，我们是我们，我们尊重你们，但不赞同你们，你们尽管生养，我们尽管逍遥。"

"隽芝，事实胜于雄辩，越来越多人朝我们这边投诚，你们那一边，叛将日多。"

隽芝见她有点累，意欲告辞。

"我不是多管闲事，我只是关心你。"

隽芝握住老莫的手，两者之间微妙分界，聪明的她还分得清楚，老莫自然不是那种专好掌握别人私事到处宣扬以示权威的无聊人。

她送她到门口，"隽芝，小时候，教科书上还用英制，我老希望有朝一日上下两围会发育成三十六与三十六，今日，总算如愿以偿，可惜中围不是二十四，而是四十二"。

两个女人在门口笑得蹲下来。

看得出莫若茜开头意欲工作育婴兼顾，此刻发觉精神体力均不克应付，做妥一样已算上上大吉，很明显地她已做出抉择，老莫可能会退出江湖。

整段会晤时间她只字不提宇宙出版社、《银河妇女》杂志，以及星云丛书，她并非患上失忆，而是对工作已完全失去兴趣。

返家途中，隽芝的车子跟在一辆九座房车后边，只见后车厢黑压压坐满孩子，一共有……隽芝数一数，五名。

红灯前车子停下，他们齐齐自后窗看向隽芝，天，通通长着一模一样的扁面孔小眼睛，奇丑，但是有趣之至，隽芝忍不住笑出来，向他们招手，接着，前座一个女子转过头来，她一定是孩子们的母亲，因为所有的子女都承继了她五官的特征，简直如影印一般，忠实复制了扁圆面孔以及狭小双目。

隽芝笑得打跌。

可惜绿灯一转，车子转右街，失去他们踪迹。

真了不起，百分之百相似，等于自己照顾自己长大，臭脾气也好，刁钻也好，甚至资质平庸，相貌普通，都不要紧，因为是照着自己的蓝本而来。

隽芝约了沛充，接到他的时候，见他手上拎着藤篮。

"什么玩意儿？"隽芝笑着问。

"你的礼物。"

啊？隽芝一时没猜到是什么，但心里已经嘀咕：易沛充，易沛充，送给成年女子的礼物，件头越小越好，通常小至可放入衬衫口袋，用丝绒盒子装载那种，最合理想，最受欢迎，大而无当，有什么用。

易沛充却一边上车，一边说："陪你写稿，多好。"她打开了藤篮盖。

隽芝闻到一股异味，已经皱上眉头，果然，一只小小的猫头自篮子里探出来，咪噢咪噢叫两声，隽芝顿时啼笑皆非。

不错，这是一只名贵可爱的波斯猫，不但讨七八九岁的小女孩欢心，许多太太小姐也爱把这种宠物不分场合日夜搂在怀中，但那不是唐隽芝。

唐隽芝一生再孤苦，也不屑找猫狗做伴，同它们喃喃倾诉，视它们为良朋知己。

狗，用来看门，猫，专抓耗子，好得不得了，至此为止，但她绝对反对视猫狗为己出，为它们举行生日会，把遗产留给它们这种变态行为，不，第一只猫无论如何不可进门，以免日后失控。

不知怎的，易沛充今日没有发觉女友脸色已变。

"朋友家的大猫养了五只小猫，我一早替你订了它。"他还兴致勃勃地报告。

隽芝忍不住冷冷说："印象中好像只有老姑婆特别爱猫以及用银器喝下午茶。"

易沛充今日特别笨，他笑说："你以后不愁寂寞了。"

隽芝蓦然拉下脸来，"我寂寞？"她啪一声盖上藤篮，"你不是真以为我没有约会吧，你以为我真的没处去，没地方泡，你把洁身自爱视作不受欢迎？"

易沛充呆住，隽芝对他一向嬉皮笑脸，他还没见过她生这样大的气，一时手足无措，"我是一片好意"。

"亏你讲得出口，女朋友无聊到要养宠物你还不想想办法。"

这句话严重地伤害了易沛充，他默不作声，推开车门，挽起藤篮，意欲离去。

这又犯了隽芝第二个大忌，女友偶尔说几句气头话，耍耍小性子，对方应当撮哄几句，小事化无，男方若偏偏吹弹得破，竟欲转头就走，低能幼稚，日后如何相处？

走！走好了，成全你。

好一个易沛充，一只脚已经踏在车外，心念却猛地一转，隽芝好处何止一点点，罢罢罢，三年感情，诚属可贵，小不忍则大乱，女友面前低声下气，也是很应该的，谁是谁非并不要紧，将来怀孕生子吃咸苦的总是她，想到此处，心平气和。

那一只伸出车外的脚即时缩回，轻轻关上车门，赔个笑，轻描淡写说："不喜欢不要紧，我且代养几日，待二姐回来，转送菲菲华华。"

见他如此成熟，不着痕迹地落了台，隽芝的气也消了，甚至有点内疚，低声说："最近我压力很大，人人都当我是老姑婆……"

沛充当然接受解释，"同他们说，你随时有结婚生子的资格"。

隽芝开动车子。

两人都捏着一把汗。

隽芝想，刚才若沛充沉不住气，后果不堪设想。

沛充也想，那个送花客到底是谁，是因为他隽芝才对男友诸多挑剔？

感情进入猜忌期，不由得小心翼翼，谨慎起来。

隽芝试探问："你把小动物先拎回家吧，我们改天再见。"

沛充不欲勉强，"也好"。

真不值，好好良宵就叫一只猫给破坏掉。

为什么硬说唐隽芝孤苦。

全世界走俗路的人都看不得他人逍遥法外，非要用吃人的礼教去压逼他人同流合污不可。

含怨地返回公寓，用锁匙开了门，看进去一片洁白，鲜花静静散播芬芳，一切摆设数年来一个样子，不崩不烂，筱芝曾笑道："你家布置，搬到我处，只能用上一季。"

祝家每年例必装修一次，确有实际需要：水晶灯被老大一球报销，墙纸下角全是老三抽象派蜡笔习作，沙发套成张撕出，浅色地带全是黑手印，深色地带全部为黏糊糊，整间屋子体无完肤。

连一只毛毛玩具都得每星期丢进洗衣机清洁一次，洗至褪色起绒珠。

可怕？热闹呀，满屋跑，永无宁日，转眼一天，不必数日子。

数千年来存在的家庭制度肯定有它的价值。

渐渐觉得了？

也许在他人眼中，唐隽芝的确寂寞得慌，这一刻也许还不那么明显，再过三五七年，十年八年，或许真会抱着一只肥壮的玳瑁猫，坐在摇椅中过日子，双目永恒地看着窗外,像是期待什么人前来探望……

隽芝叹一口气。

这自然是过虑,许多至寂寞的老人都儿孙满堂。

有人按铃。

隽芝开门,看见宇宙出版社的信差笑嘻嘻叫她一声唐小姐。

"我刚刚才交了稿。"

"唐小姐,我派帖子来。"他笑着递进一只米白色信封。

隽芝连忙道谢,谁,谁排场派头十足,照足老法,不用邮寄,专人送帖?

关上门,她忙不迭拆开信封,一看男女双方名字,傻了眼,张大嘴,呆瓜似的愣住。

署名是洪霓与区俪伶。

短简说:我们决定结婚,十二月十日星期一下午三时在落阳道注册处举行婚礼,有空请来观礼。

除了情敌,任何人接到喜帖,都应替当事人高兴,但是隽芝却感到惊惶。

她忽然想起一首叫《十个小印第安人》的儿歌,出发时明明是十个人，走着走着蓦然少了一个，又少一个，又少一个，结果只剩唐隽芝孑然一个。

她似受了骗。

区俪伶真是高手。

事前相信没有人知道她同洪霓之间有特殊感情，当然，她完全没有必要在事情肯定之前把私事告诸天下。但隽芝明明在很近的最近，尚听区俪伶说过，她有意独身终老。

忽然改变了主意。

这样理想的对象，又何妨大路掉头。

隽芝刚想找人谈谈这件事，电话铃骤响。

是莫若茜，"隽芝——"她要说的肯定是同一件事。

"你也收到帖子了？"隽芝马上说。

"好家伙，不简单，真有她的！"

隽芝完全同意。

莫若茜笑，"隽芝，只剩你一个人了"。

"是，只剩我一个人。"

"不过我们当中你最年轻，不怕不怕，迎头赶上也就是了。"

"我很替区女士高兴。"

"谁说不是，洪霓有艺术家的才华，却兼备生意人理财能力，收入不菲，又懂得节蓄，在夏威夷与温哥华都有房子，他这人思路敏捷，享受生活，嘿，打着灯笼没处找。"

隽芝补一句："最主要的还是他爱她，还有，她也爱他，不然，双方条件多优秀都不管用。"

"而且都到了想成家的时候，隽芝，你就是还没到那个时候。"

"别说我，我有什么好说的。"

"托你一件事，去选一件好礼物，我们几个合股。"

"老莫，"隽芝没有心情，"送一套金币算了。"

莫若茜听出弦外之音。

隽芝挂上电话。

早知真该收留那只小猫。

隽芝轰一声摔进沙发里，躺半晌，睡不着，决定下楼去逛逛，以免触困斗室。

才到停车场，听见幼儿哭泣声，隽芝抬起头找声音来源，不获，饮泣声益发接近，她蹲下一看，只见车子底下躺着个小孩，这一惊非同小可，她趴下伸长手臂想把那小小身体拖出来，却够不到。

小孩亮晶晶双目露出恳求神色来。

隽芝急得站起来喊救命。

管理员应声而来，一看，亦没有办法。"叫警察，叫警察。"隽芝直喊。

管理员奔走，隽芝也顾不得身上穿着什么衣物，整个人伏地上，掏出车匙，摇晃，使之叮叮作声，那孩子停止哭泣，注视隽芝面孔，隽芝柔声道："宝宝，这里，这里，到这边来。"

那孩子蠕动一下身体，爬向隽芝，小面孔上全是地上揩来的焦油，隽芝见他爬近，机不可失，伸长手臂，捉住他腰身，将他轻轻拖出。

原来警察已经赶至，且目击隽芝抱起这一岁左右大的婴孩。

那小孩似一只猫伏隽芝肩上，她松一口气。

女警板着面孔："太太，你带孩子怎地不小心。"

隽芝怪叫起来："这不是我的孩子，我是无辜的，我同你一样，是个过路人。"

女警立刻改变态度致歉："那么，孩子的家长呢？"

"我可没头绪！"

可是唐隽芝抱着孩子不放。

那小小身体软乎乎伏她肩上，有点重量，给她一种难以形容的安全感。

"小孩表皮有擦伤的地方。"

"交给你处理了。"隽芝只得把孩子交还。

就在这个时候，一名菲律宾籍女用人心急慌忙探头探脑找进来，女警冷笑一声："线索来了。"

他们围上去，唐隽芝总算脱了身。

只听得后边有人说："真精彩。"

她一转头，只见郭凌志捧着一大篮花站那里眯眯笑呢。

这倒是意外，没想到每次送花来均是他亲力亲为，并不假手花店。

"没想到你那么钟爱孩子。"

隽芝想分辩，不不，我一点都不喜欢他们，但总不能见死不救呀诸如此类，但低头一看，只见一身灰紫色洋装已似垃圾堆中捡出，足上只余一只玫瑰红皮鞋，这样乱牺牲，说不爱亦无人相信。

"我看你还是上楼去洗一洗吧。"

隽芝盼望地问："之后我们还有什么节目？"

郭凌志耸耸肩，"再也没有鲜活了，吃喝玩乐，全部公式化，太阳底下无新事，再也没有什么玩意儿是你我未曾尝试过的，即使有，也太猥琐怪异偏僻，不适合我们"。

郭凌志所说句句属实，再也不错。隽芝不禁怅惘起来。

真的，再也翻不出新花样来了。

"适才我到花店挑花，朵朵眼熟，节目也都一样，大不了是吃饭喝茶跳舞。"

遥想少年十五二十时，沙滩漫步，坐观星光，一个轻吻，一个拥抱，都永志不忘，这刻哪里还有类此心态。

早已练得老皮老肉，司空见惯。

郭凌志想一想："除非是结婚生子，你结过婚没有？"

隽芝答："据结过的人说，也不怎么样。"

"有些人说感觉很好。"

隽芝吃惊："你不是想结婚吧？"

"不，不，别担心，暂时不，你呢，你那么喜欢孩子，适才一幕使我感动。"

一向口齿最最伶俐的隽芝竟然说不出话来。

过一阵子她问："真不再有精彩节目？"

郭凌志摇摇头："没有，酒池、肉林、大烟，相信你都不屑。"

怪不得连区俪伶都结婚了。

隽芝没精打采，"请到舍下喝杯咖啡吧"。

郭凌志笑出声来。

这样开心见诚同异性谈话，倒还是新鲜的。

才把咖啡斟出，隽芝救出来的幼童已由父母抱着上门来道谢。

那母亲一见隽芝便知道她是恩人，隽芝脏衣服尚未除下，于是拉着手不放，尽诉衷情。

那少妇红着双目发誓明天就去辞工，从此在家亲手照顾孩子，免得再生意外，神情非常激动。

隽芝留他们喝咖啡。

这时才看清楚幼儿是个女孩，已换上整齐粉红小裙子，额角擦伤，粘着胶布，胖胖手脚，嘴巴波波作声，可爱之至，看样子已浑忘刚才可怕经历。

隽芝别过头去微笑，这样有趣的小动物，看多了要上瘾的。

他们一家三口不久便站起告辞，送到门口，少妇忽然对郭凌志说："你好福气，太太够善心。"

隽芝无奈地关上门。

很明显，人人都以为她已结婚，或是早已有儿有女，换句话说，唐隽芝不再是十七八岁。

她长叹一声。

那天黄昏，隽芝与郭凌志一起在家中欣赏伊力卡山[1]经典名作《荡母痴儿》。

"你第几次看这部戏？"

"忘了，"小郭喝口冰冻啤酒，"第一百次吧。"

"你若是女性，会不会爱上男主角这样的人？"

"我不知道，你呢，说说你的感受。"

_____

[1] 即导演伊利亚·卡赞。

"要吃苦的，实不相瞒，我至怕吃苦。"

"这么说来，安定的家庭生活最适合你。"

"也许是，生老病死，免不过只得徒呼荷荷，没奈何，成年后一至怕穷，二至怕苦，变成那种业余浪漫人，只在周末空余读篇小说看场电影以解相思之苦。"

"不再亲力亲为了。"小郭莞尔。

隽芝抱拳："谢谢，不敢当。"

约会也就这样散了。

小郭告别前说："你若找到新玩意儿，记得与我商量。"

一千零一妙方

肆·

有一种身经百战的冷淡，
人就这般变得心肠刚硬，
对自己，对别人，都不再顾忌怜惜。

第二天一早就听到老祝的声音。

隽芝一时以为还在外地，纠缠半晌，才知道他刚回到本市，一为处理公事，二替妻儿置些日用品。

"出来我们一起喝早茶。"

隽芝呻吟一声："大姐几时做手术？"

"我正想跟你报告，她已于昨日下午做妥手术。"

隽芝悚然动容。

"手术非常成功，你可以放心。"

"你有没有在手术室？"

"有，尹大夫陪我一起。"

"你亲眼看见医生把胚胎取出又再放进去？"

"是，她只有一公斤重，像一只小猫，隽芝，我此刻才知道生命奇妙。"

"筱芝感觉如何？"

"见面才详谈。"

老祝十分激动，不住喝黑咖啡，他已经有两日三夜没有好好睡过，但是精神亢奋，双手颤动，缠住隽芝倾诉不停。

与筱芝同时住院的尚有另外一位妇女，比较不幸，手术性质一样，但效果欠佳，老祝因说："是不是斗士真正尚未出生已经看得出来。"

隽芝听着只觉凄惶，同谁斗呢，斗什么法宝呢，短短一生，数十寒暑，寻欢作乐还来不及，提到这个斗字都罪过，令人毛骨悚然。

筱芝在未来数月期间必须接受观察，直至足月，再次做手术取出婴儿。

"她一有精神马上同你通话。"

"世上竟有这种手术，真正匪夷所思。"

"尹大夫说不比换心换肾更加复杂。"

"第一个把病人身体打开做治疗的是谁，华佗？"

"隽芝，你又钻牛角尖了。"老祝忽然打一个哈欠，他累出来了，打完一个又一个。

隽芝劝他回家蒙头大睡。

他把一张单子交给隽芝，"三妹，拜托，这是购物单，你去办妥，我叫人来拿，记住我后天回去"。

真奇怪，那边什么没有呢，偏偏要学老鼠搬窝，扛过去，又抬回来，隽芝真觉厌恶，但一想到那是筱芝的要求，便默然承担。

老祝先走，隽芝展阅货单，其中一项是大外甥用的近视眼镜两副，附着医生验光表。

隽芝莞尔。

啊，刹那间升上中学，过一会儿近视，片刻毕业，在大学结识女友，恋爱、结婚、传宗接代、事业有成或无成，很快就老花，不过隽姨届时可能已经不在，可能不能为他服务，代配老花眼镜了。

当然要趁现在为他服务。

老祝又欣然担当起好家长的任务来，连事业都放在第二位，两边奔走，真是位千面巨星。

做买办也不是什么轻松任务，大包小包，一下子买得双手提不起来，尚有绣花拖鞋（手绣不要机绣）两双，周璇与邓丽君《何日君再来》录音带，《碧血剑》吴兴记旧版不是豪华装，等等，不知如何踏破铁鞋去觅取，都使隽芝想起童话中无良国王吩咐那些妄想娶公主为妻的小子去限时完成的艰巨差事。

将来，这一切一切，都得设法向那小女婴要回来，且加上复利。

唱歌、跳舞、朗诵诗篇、讲法文、扮猫咪叫……速速娱乐阿姨。

回到公寓，翠芝的电话到了。

"此刻我与大姐在一起，她精神尚好，想跟你说话。"

"大姐，大姐，我是隽芝，辛苦吗？"

隽芝听得筱芝微弱的声音："很痛，很冷。"

隽芝的眼泪簌簌落下，犹自强颜欢笑，"我替你买了一公斤蜜枣嵌胡桃，就叫老祝带来"。

电话里已经换了翠芝，"让她睡一会儿吧"。

"有没有替她穿够衣服？"

翠芝答非所问："叫你来你又不来。"

"你呢，你梁家几时回来？"

"我们考虑留下来做黑市居民。"翠芝恫吓她，"一家管一家，不与你共进退了，你好自为之吧。"

不过是姐妹平常调笑语，这次却触动隽芝心事，崩口人忌崩口碗，她噤声。

"筱芝这里有大国手帮忙，不劳操心，她希望你春节前后来一趟。"

隽芝唯唯诺诺，与姐姐之间的距离也拉远了，只觉话不投机。

翠芝叫："菲菲华华，来同阿姨问好。"明明听见两个小女孩就在附近叽叽咯咯说话，隽芝渴望她们前来轻轻问声好，但是最终没有，翠芝说："不来算了，隽芝，明日再联络，嗬，明日我带队往迪士尼乐园，要到晚上才行，别出去，等电话。"

活该隽芝侍候她们，因隽芝没有家累。

隽芝站起来大声说："倘或我是个男子，也出去闯一番事业……"她没有把口号叫下去，女子何尝不可创业，况且，她觉得姐姐们情愿她是妹妹。

晚间易沛充来访。

她向易沛充询问："我记得你好似有一套旧版《碧血剑》。"

易沛充即时紧张起来，"为什么问？"即是有了。

隽芝笑出来，他真是一个君子人，换了是她，才不会泄露玄机，"筱芝想看"。

"我那套是《射雕英雄传》。"易沛充心惊肉跳。

"更好，借出来如何？"

"借？"他像是没听懂这个字。

"割一割爱，男子汉大丈夫，一切都是身外物。"

易沛充满头大汗，终于想到折中办法，"我影印一套赠予筱芝，不用还了"。

"会不会触犯版权？"

"你不说，我不说，谁知道。"

"沛充，多印一套，我也要，明日傍晚交货。"

易沛充如蒙大赦，"好好好"。

"沛充，为什么对我好？"

易沛充答："因为你是我女朋友，我打算娶你为妻，你将为我挨生育之苦，老老实实，无论我怎么迁就你，善待你，你都是吃亏那个，你永远不会有的赚，所以能对你好，一定要对你好。"

隽芝眼睛都红了。

"我感动了你？隽芝，我们还等什么。"

隽芝忍不住，一边试探一边与他讨价还价："我们或者可以先试试共同生活。"

"同居？不行。"沛充拂袖而起，"我最瞧不起这种关系，那是六十年代年轻男女所犯的至大错误。"

"但至少我们可以了解会不会适应对方。"

"有诚意一定可以迁就适应，我同你又不是妖魔鬼怪，猪八戒蜘蛛精，对方的优点与缺点早已了如指掌，我才不要做任何人的姘居男子，免谈。"他愤怒地拒绝。

各人有一条筋不对版，隽芝现在明白了。

"结了婚一样会得离婚。"隽芝提醒他。

"世事难以预料，但至少开头我愿意娶你为妻。"

"我以为男人喜欢同居。"

易沛充不禁笑了："你说的是何种男人？"

"大概不是你，你是好人。"

"不，我只是一个合理的普通人，愿意负一般责任，不欲占女性便宜，切勿高估我的智慧能力，只怕将来你会失望。"

已经够理想了，隽芝叹息一声："不同居？"

"绝不。"斩钉截铁。

"沛充，我觉得寂寞，回到此家，甚觉虚空，我希望尝试家庭生活，一揿铃，伴侣笑脸迎出呼唤我，做一碗榨菜肉丝汤面给我吃，听我细诉一日之委屈或乐事。"

"结婚。"语气坚决。

"你会煮食？"

"菜肉云吞、上海炒年糕、花素饺、小笼馒头，全是我拿手好戏，曾经拜名师学艺。"

"你从来没做给我吃过！"

"你又不是我妻我女，这种技艺，我才不向外人显露。"

隽芝见他一本正经，正气凛然，一点商量余地都没有，神圣不可侵犯的样子，不禁有点好笑，却也佩服他的贞节。

沛充劝她："不要再与五纲伦常斗争了。"

千年习俗，频经试练，未曾淘汰，总有它的存在价值呢。

"考虑考虑，隽芝，我随时候教。"

一个不肯不结婚的男朋友。

隽芝想她大概是幸运得不能再幸运的一个女子。

一百回有一百回她都听得女性申诉男子不肯结婚，甚至丑恶得对女方嗤之以鼻："我知道，你不过想我同你结婚！"

世界真的变了。

古老当时兴，结婚浪潮又打回头，妇女们疯狂盼望有自己的孩子，新女性又得再度适应社会新风气。

隽芝终于还是询众要求，代编辑部去选购结婚礼物送洪霓伉俪。

她同莫若茜通话："我在拉利克水晶。"

"挑了什么？"

"贵得买不起了，不知我们的预算如何，看情形只能负担一只香水瓶子。"

"一盏灯总还可以吧？"

隽芝马上报上价钱。

老莫也吸口气，"比前年贵了三倍"。差些动了胎气。

真是的，薪水与稿费却只能百分之十百分之二十那样蜗牛似的慢慢爬上去。

"隽芝，降低水准，去百货公司看捷克水晶。"

也只得如此，不能开源，就得节流，生活质量渐渐粗糙。

"一会儿陪我去复诊如何？"

"得令。"

退而求其次，隽芝还是达成了她的任务，同样的预算，她竟然买到三只酒瓶、一只花瓶、一只果盘，一般晶光灿烂，日常使用颇为不赖。

店员给她打了八折，隽芝坐下抽一支香烟，这里边有个教训，是什么？会不会是退一步想，海阔天空？

都是这样渐渐妥协的吧，少年人都寻求诗人渥斯缓夫口中草原的光辉，花朵的荣耀，终究，不过设法在余烬中找到力量。

太多愁善感了，又没有能力将这些思流化为文字去感动读者，多么失败。

会合了莫若茜，陪同她到诊所，服侍她在床上躺下。

隽芝看到她的胎儿不住移动，活泼至极，不禁伸手去按，那分明是一只小脚，正在踢，发觉有人与他玩，便缩到另一角落，隽芝的手不放松，紧跟着去抓，小脚又避到另一边，隽芝乐得哈哈大笑，索性两只巨灵掌齐齐按上老莫的肚皮，"看你往哪里逃！"

莫若茜也忍不住笑，"可遇到克星了"。

这时护士推门进来，铁青着面孔，"你们在干什么！"

隽芝连忙缩手。

看护教训她们："不能乱用力骚扰腹中胎儿，太过分了。"

隽芝也深觉鲁莽，"老莫，对不起"。

"没关系，他是个顽童，他吃得消。"

看护瞪着眼，"等生下来再玩可不可以？"

隽芝唯唯诺诺退出。

耳边犹传来看护的意见："你朋友那么喜欢孩子，叫她自己生几个，天天有的玩。"

隽芝在候诊室等，嘴角犹自挂着笑意。

生活重复烦苦沉闷，上一次畅心乐意大笑，已不复记忆在何年何月何时，总之没有刚才那么欢畅，真没想到同一个未生儿都可以玩得那么起劲，大概也只有唐隽芝才做得到。

假如她也可以怀个孩子……

隽芝跳起来，星星之火，可以燎原，她连忙把这个念头大力按捺下去。

莫若茜出来了，隽芝迎上去，两人在附近喝茶。

"隽芝，我没有见过比你更喜欢孩子的人。"

隽芝笑笑，"很多人会对这句话嗤之以鼻"。

"我从不理会他人怎么说，我只相信自己的观察能力。"

所以莫若茜已经是个成功人物。

"不，"隽芝犹自嘴硬，"我不喜欢他们，我只是贪玩。"

她永志不忘，母亲因生她发病身亡。

"区俪伶想在下星期请你们到她新居参观。"

这家伙，秘密行事，万事俱备了，才公布出来。

"许人家觉得君子耻其言过其行。"

"婚礼起码筹备一年半载,不透露半丝风声,也真有她的。"

"你也可以学她。"

"我?"

"是呀,我倒是欣赏她的做法,一不打算叫人出钱,二不打算叫人出力,过早宣布招摇干什么,况且你也许已知道,洪霓这个人一贯相当低调,注册后相偕旅行一个月,不打算请喝喜酒了。"

"《银河妇女》杂志与星云丛书交给谁处理?"隽芝忽然想起来。

老莫笑,"你有没有兴趣?"

"才怪。"

"这次,上头肯定会挑一位已婚男士来负责业务。"

"你看,女性又给管理组一个不分轻重的印象。"

"没有办法,只有女人才能生孩子,不得不暂时离开工作岗位。"

"来,莫若茜,送你回家。"

"隽芝，多陪我一会儿，有时我闷得想哭。"

"快了，数月后你会忙得想哭。"

"你怎么知道？"

"因为你才不会把孩子交给别人带。"

"你怎么会知道？"

"因为我是大作家，料事如神。"

换了是唐隽芝，她也不会，谁带的孩子便像谁，最终本市下一代小国民言行举止会以菲律宾女佣的模范为依归，莫若茜才不会跟风。

"我的确打算亲力亲为，与婴儿做几年车轮战。"

"不再做大编辑了？"

"我至大的成就，不过是发掘了你。"莫若茜笑。

她薄有节蓄，足够维持个人生活，息业在家，也不影响家庭经济状况，自然可以潇洒地做出抉择。

"独力背不动的锅，千万不要去碰，切切，别以为有人，即使那是你的配偶，会得路见不平，拔刀相助。"莫若茜笑着说。

思想那样通明，还有什么烦恼，老莫当然是个快乐人。

筱芝与翠芝也尽量抽出时间起码把孩子带到一岁才恢复正常生活……她们到底几时回来？再不回来，那几个外甥怕都要忘记小阿姨了。

洪霓与区俪伶的新居，并不似小说中那些不食人间烟火男女主角所住的家。

洪家厨房特大，食物式式俱备，应有尽有，一派民以食为天般乐观富泰气象。

区女士谦曰这些都是洪霓的主张，他一向备有超过十种的乳酪。

隽芝忍不住想：易沛充也愿意参与家务，不见得会输给洪大作家。

房子有五十多年历史，宽大舒服，经过精细维修，比新屋更加美观，几位女同事叽叽咯咯表示，起码有三两个孩子才住得满这间大屋。

来了，隽芝想，又提到孩子了，女人到底是女人。

"最好是孪生儿。"

"是呀，一男一女，带大了成一双。"

"不，两个女孩子才好玩。"

"三胞胎呢，岂非更有趣，不过每八千宗怀孕事例中才有一宗，四胞胎更难得，要每七十万宗才有一宗，还是期望孖生吧，五十到一百五十宗个案已占其一。"

"哗，你对这些资料好有研究。"

"也许人家早有打算，是不是？"

又笑了起来，像一群快乐的小鸟。

区俪伶悄悄同隽芝说："你看，年轻多好。"

唐隽芝也做过十八二十二少女，但从来没有那般真正地无忧无虑轻松过。

区俪伶真是高手，对身份突然转变没有一丝尴尬，详谈她日后计划。

隽芝想，区女士从未把她当作朋友过，那么，唐隽芝又在不在乎呢？当然不。

既然如此，尔虞我诈地坐着还要互相敷衍到几时呢，不如适可而止，就此打住。

隽芝起身告辞。

区俪伶送她到门口，隽芝呢喃道："真是一间美丽的屋子……"

也真是一个理想的归宿。

唐隽芝也有机会步这样的后尘，易沛充在等她，她还有一个理想的玩伴，他叫郭凌志，选择多多，但隽芝却觉得压力存在。

因为她在人生迷宫中遇到了三岔口，任择一题，便回不了头，因为没有时间了。

隽芝想到几年前翠芝同妇科医生商量顺产还是剖腹生产，医生反问："你情愿做哪一样？"翠芝居然说出心中话："两样我都不喜欢。"

状若荒谬，百分百是真话。

与隽芝此刻的感受相仿：继续玩下去，十年八年后，人老珠黄，前途堪虞，成家立室？即时要付出代价，不知能否适应。

仿佛没有第三条路可走了。

想到这里，无限唏嘘，踩在油门上的脚软弱无力，车子渐渐放慢滑行，后边司机按喇叭按得震天价响。

隽芝抬起头来，勉强振作，把车子驶回家去。

要费尽九牛二虎之力，她才逼使自己重新坐在工作台上，重新操作。

工作治愈一切伤口，做惯工的老兵才不会让情绪碍事，顶多只需要三十分钟，便将烦恼拨到一边，正常操作，或者，做出来的功夫未必如心情平静般水准，但是亦不会差太远。

乏味管乏味，隽芝还是完成了整个星期的稿件。

心情差的时候不要做任何决定，尤其不能说"嫁人去！"。

不喜欢易沛充或许还可以这样喊，偏偏她又相当爱他。

虐儿妙方已写到第二十六条：临睡前，由孩子（适合三岁以上）说故事一则给母亲催眠，要讲得抑扬顿挫，情节如有重复，会遭受抱怨。

隽芝微笑，认为是精心杰作。

孩子们一日不知阅多少漫画，看多少动画，倒反而要大人同他们说故事？应该掉转来做才是。

插图中一日已尽，能干的母亲放下公事包，躺在沙发上，持香茗一杯，双眼半合着正在松弛神经，她的顽童握住一本漫画，正无奈地演绎《一千零一夜》，这是为人母者至低限度应得的享受。

隽芝斟出香槟，同酒瓶碰杯，一饮而尽。

莫若茜曾同隽芝诉苦："怀孕期间最惨的是不准喝酒。医生说，即使是一小杯鸡尾酒，也足以使胚胎的肺壁颤动不已。"

也不能随便服止痛剂或安眠药，长期依赖该等成药的隽芝觉得老莫苦不堪言。

傍晚，筱芝的电话来了。

"隽芝，多谢你为我办齐诸色货物。"

"老祝已经回来？"

"是呀，"筱芝淡淡说，"马不停蹄，难为他了。"声音中没有太多的感激或感情。

"总算是个二十四孝父亲。"

"他一向都是好爸爸，我从来没有抹杀他这个优点。"

"伤口怎么样？"

"可以经受得住。"有一种身经百战的冷淡，人就这般变得心肠刚硬，对自己，对别人，都不再顾忌怜惜。

"听医生说，婴儿出生后身上不会有伤痕。"隽芝说。

"是呀，羊水有神奇治疗作用，手术疤痕平滑无痕，婴儿表皮完好无缺。"

"那多好，筱芝，"隽芝突发奇想，"借些羊水来大家洗一洗，把所有新愁旧恨，百孔千疮通通治愈。"

"隽芝，你全身光洁无瑕，何须这等医疗，倒是我，你看，隽芝，我身心已经体无完肤。"

"筱芝，你恪守妇道，心灵至美至善。"

筱芝哈哈大笑，笑声里满是寒意，"三妹，不要说笑话，我此刻笑了伤口会得痛，即使我有优点，你猜老祝还看得见不？"

隽芝不语。

"好了，我不多讲了，无谓伤春悲秋，眼前不晓得多少大事等着要做。"

"你好好休养。"

"人到这个时候，还不自爱，简直是找死，你放心，我绝对无事。"这还是筱芝语气中第一次露出怨怼之意。

是隽芝不好，惹起她心头不满情绪。

筱芝已轻轻挂上电话。

接着数日，隽芝只觉腹痛，只得不住服食止痛剂，不以为意。

是易沛充先警惕起来："隽芝，亚斯匹灵[1]不可当炒豆吃，去看看医生如何？"

隽芝还推托，只是笑："自十四岁痛到今日，周期病，无关重要。"

"我陪你去。"他一定不放过她。

隽芝只得投降，一想到坐在候诊室起码一等一小时，十分畏缩，灵机一触，不如与老莫共进退，反正均是妇科。

挨若茜一顿斥责。

"身上某个部位，苦痛超过一星期，按下去更有特殊感觉，仍然不肯看医生，隽芝，你连脑袋都有毛病。"

第二天老莫就押着她去看医生。

隽芝忽然又怕得不得了，在冷气间里哆嗦。

医生做完扫描轻轻同她说："左方卵巢有一个瘤。"

隽芝耳畔嗡的一声。

---

[1] 即阿司匹林。

"并非恶性，这种瘤对女性来说很普遍，正式名称叫子宫内膜异位，俗称巧克力瘤。"

隽芝呆呆看住医生。

"这个瘤影响卵巢激素正常分泌，如不割除，将妨碍生育，唐小姐，你未婚，又未过生育年龄，即时处理乃是上策。"

隽芝张大嘴。

"你可以考虑考虑。"

隽芝知道这是医生给她时间去请教另一位专家。

"割除之后，还能生育吗？"隽芝心不由己问出这个问题。

"你已患有第二类不育症，机会低许多，并且，要看你什么时候结婚。"

"几时动手术最好？"

"要先服四个月药。"

老莫在一旁忍不住说："隽芝，立刻开始疗程吧。"

隽芝鼓起勇气说："假使我不打算生育呢？"

医生笑一笑，"身上有个瘤，将来只怕它恶化，也还是割除的好，一劳永逸"。

"我回去郑重考虑。"

走到门口，老莫问："你有更好的专家？"

"没有。"隽芝惘然摇摇头。

"那你想清楚之后我再陪你来，我用人格担保这个医生是好医生。"

"老莫，轮到你陪我去喝一杯咖啡了。"

"没问题。"

老莫声音中有太多的怜悯之意，闻都闻得出来。

是谁说的？不要孩子是一回事，让医生同你说，你不能生育，又是另一件事。

幸亏翠芝回来了。

隽芝破例去飞机场接她一家，足足等了一个小时，那四口才施施然推着行李出来，隽芝扬声呼唤，翠芝愕然，因没想到会看见妹妹。

隽芝一个箭步上前："踢踢，快抱紧我，说你爱我。"

那小小机灵的梁芳华为之愕然，阿姨为什么双眼红红，声音哽咽？她毫不犹疑地趋向前，伸出双臂，举起，紧紧箍住阿姨，提供安慰。

　　但是她没有说她爱她，除非阿姨愿意停止叫她踢踢，否则她有所保留。

　　隽芝把孩子拥在怀中，得回些许温暖及信心。

　　翠芝问丈夫："隽芝怎么了？"

　　"她需要自己的家。"一言中的。

　　"是的，"翠芝点点头，"无论开头的时候多坚持多倔强，成家立室的念头，如原野的呼声号召狼群集合一般地呼召我们。"

　　那一夜隽芝磨在梁家不走，看着翠芝忙，两个女儿洗完澡倒床上熟睡，翠芝乘机清理行李，一边向隽芝报告筱芝那奇妙手术的细节。

　　"那将是一个奇迹婴儿。"

　　"医生说，每个健康的人，都是一个奇迹。"

　　"是，我们的名字，其实都应该叫恩赐。"

　　隽芝几次三番要向姐姐透露病况，只怕姐姐淡淡反应："那多好，隽芝，你终于求仁得仁了，那么讨厌孩子，居然碰巧不育，天生地设。"

她没精打采地告辞。

轮到阿梁问："隽芝怎么了？"

"其他的狼已经归队，只余她，孤独地仰首对牢圆月凄惨嗥叫。"

"要不要叫易沛充帮她一把？"

"我累死了，明天再说吧。"

孤独的狼深夜回到家里，听到电话录音，是郭凌志的声音："明年我们打算增设童装生产，你有什么点子？可否提供一二？有空与我联络。"

儿童儿童儿童，他们越来越得宠，势力越来越大，连服装设计师都要为他们服务。

隽芝从来没有羡慕过人有而她没有的任何东西，各有前因莫羡人，但孩子会不会是另外一件事？

第二天上午，她去复诊。

医生说："即使暂时不打算结婚生子，身体健康，也很要紧。"

隽芝认为医生说得对，她决定接受治疗。

下午，她约了小郭在制衣厂见。

秘书满脸笑容迎出："郭先生在挑选模特儿。"

隽芝原来不了解那甜蜜的笑脸因何而来,直至她看见那些前来试镜的模特儿。

他们是半岁到三岁的幼儿。

连卓尔不凡、风流倜傥的郭凌志都被他们逗得嘻哈绝倒。

隽芝脸上不由得泛起与那秘书一模一样的笑意。

一个七八个月的女婴伏在她母亲肩上,看见隽芝,忽而笑了,一张小面孔宛如粒甜豆,隽芝悸动,退后一步,决意到外头去等小郭。

小郭跟着出来,"怎么样,可愿意拔刀相助?"

隽芝摇摇头,"实在抽不出空来"。

话一出口,才想起小郭的名句:没有空当,乃是因为不愿意抽空,隽芝涨红面孔。

果然,小郭会笑的双目正在揶揄她。

他说:"样版一出来,我们就拍摄目录册,你不是最爱虐儿吗,设计一些叫他们苦恼令母亲宽心的衣裳如何?"

隽芝心一动。

小郭说:"我小时候扮过小蜜蜂。"

"我做过小仙子。"隽芝说，"背着两只透明纱糊的小翅膀到处走。"

"翼子重不重？"

"但是全班女生都要做那种装扮。"

"我们居然都是那样长大的。"

隽芝唏嘘："真不容易。"

"把你童年的梦借一点出来帮助我们的灵感。"

"那是多年之前的事了，现在的小女孩并不稀罕与她们母亲穿得一样。"隽芝仍然拒绝。

郭凌志笑笑，唐隽芝就是怕与孩子们有过分密切的关系。

他们结伴到相熟酒馆去喝一杯。

要多么巧就多么巧，碰见了易沛充。

沛充与他们一照脸，第六感就告诉他那男士便是送大蓬白色花篮的家伙，心中泛起一阵极之复杂的感觉，包括酸涩、妒忌、尴尬，以及一点点感慨，他不否认他生气了，他最恨与人争夺感情。

借一口啤酒易沛充把这一切不满压抑下去。

为什么成年人不能发泄情绪？该刹那他希望他只有七岁，可以大步踏前，一掌把那小子推开，将唐隽芝拉到身边来。

易沛充朝他俩点点头。

是郭凌志叫隽芝注意，"你有熟人在此"。

隽芝很坦白地笑，"那是我的现役男友"。

小郭连忙加倍留神，外形实在不差，只是衣着有点老式，泰半是位专业人士，为着迎合中老年主顾品位，不得不扮得老成持重，日久成为习惯。他不是燃烧的类型。

隽芝说："我过去与他打个招呼。"

易沛充说："隽芝，我正有事找你。"

"现在不能说吗？"

"人太多了。"

"那么，今晚见。"

沛充点点头，他自己有一班朋友要招呼：老同学办妥移民，下星期就要动身。

隽芝偕小郭离去。

时势不一样了，上一代，他不约她，她就最好在家听音乐翻书报，怎么可以同别人上街！

这一代，男女双方婚后亦免不掉社交生活，完全凭个人良知行事，对方无干涉权利。

隽芝老说女性的黄金时代早已过去，此刻易沛充惆怅地想，男性的流金岁月何尝不已经消逝。

下班后一杯香茗一句温馨的"辛苦吗"早成绝响，辛苦？妻比夫更忙碌耐劳，地位收入可能高三五七倍，办公室里的事最好不要带回家去，以免自讨没趣。

傍晚见了面，易沛充果然对酒馆一幕只字不提。

"隽芝，"他开门见山道，"莫若茜说你在看妇科医生。"

这老莫！叫她别说，她却连别说都说了出去。

隽芝生平至怕两件事：一是解释，二是自辩。故脸上变色，维持缄默。

老莫这次多事，逼使隽芝疏远她，除此并无他法，她不能骂她，又不能怨她，唯有保持距离，不再透露隐私，以求自保。

"隽芝，你到底患什么症候？"他神情充满关切。

"我只可以告诉你，不是癌症，没有危险。"

"你为何坚持保留那么多不必要的秘密？"

"那是我个人的意愿，我偏偏不喜展露内心世界，你又何必查根究底，强人所难。"

"我是你的伴侣，唐隽芝，每一项手术都有风险，我担心你，我关心你，我想知道得多一些。"

"莫若茜不是已经全部告诉你了吗？"隽芝恼怒。

易沛充问："为什么你我之间的事要由第三者转告？"

隽芝从没听过她自己用这么大的声音讲话，"因为躺在手术床上的是我，不是你，这不是两个人的事，这是我一个人的事，易沛充，别再烦我了"。

"我愿意支持你。"

"我不需要。"

"这是我的失败。"

"风马牛不相及，你偏扯一起，假如我自手术间苏醒，我俩关系自然继续，万一不再醒来，就此打住，这么简单的事，何用他人支持？"

沛充倒抽一口冷气，"你真的如此坚强？"

"这并非唐家女子本色，但我们自幼失母，无人可以商量，故遇困难，即时自闭，以便静心思考对策，我们没有张扬习惯，只怕外人笑话。"

易沛充沉默，隽芝说的都是实话，他见过筱芝处理紧急事件，手法与隽芝如出一辙。

做她们的伴侣，有时只怕会得寂寞。

"医生是经验丰富的好医生，你大可放心，请你以后别再与他人谈论到这件事，以免影响我俩感情，今晚就说这么多，最近看过什么好戏？贵公司有无年轻貌美的建筑师登场？"

沛充仍然充满挫败感。

女友从不视他为支柱，财务问题，她找会计师，厨房漏水，找水喉匠，生病，求医生，感情有问题，说不定去信薇薇夫人信箱。

易沛充知道有些幸运男人的女友事无巨细什么都对他们倾诉，要他们出头，而这些男人居然还身在福中不知福，嫌女人烦。

唐隽芝从不烦他。

易沛充没有地位。

他只得问她："服药期间可有特殊反应？"

"这是一种帮助肿瘤收缩的男性激素，服后声线变壮，毛发生长旺盛，体内积水增加，皮肤黑色素显著。"

"事后能否恢复正常？"

隽芝微笑，"总留有痕迹，提醒当事人历劫的沧桑"。

"我还是一样待你。"易沛充不假思索。

算一算日子，隽芝仍可以先去探访筱芝，然后再回来等待宰割。

女性在这种时刻总比男性刚强，翠芝闻言，只淡淡表示："很普通的小手术罢了。"

越低调越显得深沉成熟，隽芝也说："是，医生每个下午都做一次两次，别同大姐提及，免影响她情绪。"

翠芝笑笑，"你这个同她比，小巫见大巫"。也是事实。

隽芝不再言语。

"手术前后多喝点鸡汤就补回来了。"翠芝仍然轻描淡写。

"我会把保险箱锁匙交给你。"

"那些烂铜烂铁还是贵客自理的好，"翠芝笑，"你且来看菲菲图画比赛的得奖作。"

她的声音已经略为颤抖，但是隽芝没听出来。

待妹妹一告辞，翠芝便露出原形，泪盈于睫，今年是什么年，一姐一妹同时进院修理。

阿梁一回来她便诉苦："隽芝最可怜，还是小姐身份，已经患二期不育。"

阿梁劝她："你这样大惊小怪，徒然增添隽芝的压力。"

"在她面前，我哪儿敢露出来。"翠芝叹息一声。

阿梁表示赞许："往好的方面想，也许隽芝要结婚了，所以要把病治好。"

"做姐姐有义务照顾妹妹。"

"她是个与众不同的妹妹。"

"与众不同注定是要吃苦的。"

"是吗，那么，为何我们都力争上游，又望子成龙？"

翠芝肯定地回答："因为人类愚蠢。"

莫若茜拨过好几次电话给这名与众不同的作者，听得出隽芝的态度较先前冷淡，想来想去，不明所以然，含蓄的都会人通通是推理高手，谁会把心事说出来，只能凭智慧经验互相推测猜度对方心事，莫若茜揣测半晌，只道是隽芝因病恹恹，对朋友再也提不起往日热情。

并且，老莫想，不育妇女对牢孕女，又有什么共同话题。

隽芝带了简单的行李就上路去探访筱芝。

她没有通知任何人来接飞机，叫一部计程车就令司机往电报山驶去。

司机是白人，在倒后镜看她，然后问："香港来？"

隽芝点点头。

"香港人都有钱，你也很有钱？"

那还得了，隽芝急急嫁祸："不，台湾人才有钱。"

司机如梦初醒，"对，对，是，是"。马上接受事实。

到达公寓门口，隽芝付美钞给司机的时候，适逢祝家老三在空地玩耍，他脚踩滑板，手持无线电遥控器，正把一辆小小玩具吉普车支使得团团转，没有发觉隽芝这个访客。

他背后便是著名的金门湾，烟霞中有点不真实感觉，似电影背景。

隽芝唤那小子一声。

那孩子抬起头来,见到隽芝,喜出望外,"阿姨,阿姨!"热情得不像话,笑着扑过来,他长高了,块头颇大,隽芝怕吃不消,连忙退后三步。

小子走到大门前按通话器,"妈妈妈妈,阿姨来了"。

通话器里是筱芝的声音:"哪个阿姨,说说清楚。"

隽芝大叫:"是我,是我,隽芝来了。"

一个洋妇路过,摇头表示唐人的喧哗无药可救。

筱芝趿着拖鞋急急下楼来,一见到隽芝,连忙一把搂住,肚子挡在她俩当中,在所不计。

筱芝大腹便便了。

隽芝嚷:"咖啡,咖啡,给我一杯真的咖啡。"

筱芝搂着妹妹边笑边上楼去。

公寓只得两间睡房及一个休息室,一家五口,加隽芝六个人,只得两处卫生间,隽芝心中盘算,还是撤退去住酒店吧,怎么受得了。

那个波多黎各籍女佣倒是把地方打扫得窗明几净。

"老大老二在学校。"

"老祝呢？"这才是隽芝关注的人物。

"出去采购杂物，顺带接孩子放学。"

"这些日子，他与你同居？"

"离了婚还同居，那离什么婚？他住在亲戚家。"筱芝声音转为冷淡。

人际关系，千奇百怪，尤以夫妻为甚。

隽芝又问："那位小姐，有没有追上来？"

"我不知道，也没有打听，那是他人之事，没有时间精力去关心，已出之物，谁捡去不一样。"

隽芝只得唯唯诺诺，嗯嗯连声，埋头喝她的咖啡。

"同你到市中心去逛街购物如何？"筱芝的精神似比她好。

"我情愿睡一觉。"

"喝完一壶咖啡才睡？"

"是，那正是我对人对事的认真态度。"隽芝把调转来说。

她蜷缩在沙发上魂游太虚。

蒙眬听见祝家父子回来了，筱芝喝令二儿出示成绩报告表，老祝则与大儿商量下周学校棒球赛事宜，电话铃响，是易沛充拨来问候诸人，刚挂线，又闻孩子们抱怨冰激凌已经吃光光。

接着老祝答应带他们出去午膳，并且对躺在沙发里的隽芝置评："平时那么精灵的一个人，睡起来似只猪，宰了她还做梦。"

孩子们咕咕笑。

隽芝想起身申辩，可是深觉那一刻公寓内充满人间烟火式乐趣，吵吵闹闹，有大有小，时间一下子消磨掉，无人有暇沉溺在私情中，一切顺其自然发展，接受命运与际遇安排……

祝氏父子有说有笑开门关门外出，只剩下筱芝用断续的西班牙文与英文吩咐女佣做菜、清洁、洗熨。

隽芝内心的焦虑彷徨暂时一扫而空，生活是该这般模样，纷纷扰扰，衣食住行，有爱有恨。

隽芝在该刹那，决定结束她历年来冰清玉洁、寂寞凄清的生活方式。

与众不同是行不通的。

隽芝在睡梦中悄悄叹气。

接着，她发觉自己已经换上雪白的水手领衬衫，眼前是一片绿茵草地，正在发呆，忽然看见有一小小女婴朝她奔来，隽芝连忙蹲下抱起她。

那孩子伸手一指，"灯塔"。

隽芝转过头去，是，的确有一座灯塔，就坐落在草地尽头的悬崖处。

慢着，她到过这个地方，她做过这个梦，她问幼女："你叫什么名字？"

"我叫囡囡。"

对了，她叫囡囡。

隽芝翻一个身。

她又听见开门关门声，还有老祝不敢置信的声音："她还在睡？来，我们合力把她抬进睡房去。"

电话铃响，老祝去听，"易沛充再次找唐隽芝，沛充兄，你的情人犹在梦中，是，尚未醒，要不要我们将她抖下沙发，抑或由你亲自乘飞机来处理？"

孩子们又咯咯笑。

筱芝说："叫他稍迟再打来。"

老祝挂了线，表情很不以为然。

筱芝训曰："一个女子也只有在被追求该刹那最最金贵罢了，叫易沛充拿些韧力出来。"

老祝什么都不敢讲，唯命是从，所以说，爱孩子的男人不至于是太坏的男人。

隽芝打个哈欠，伸伸懒腰，"你们家吵死人"。

"好了好了，"老祝拍手，"大梦谁先觉。"

谁知隽芝揉揉眼说："老祝，劳驾你替我找一家酒店，我要去好好睡一觉。"

老祝笑得打跌，"易沛充不知道你的本性？"

连筱芝也说："隽芝，你这么贪睡，将来带起孩子来，可有的你苦。"

隽芝只得苦笑。

她振作地看着筱芝腹部，"有三十二三个星期了吧？"

"不用你帮忙，饿坏了只怕还叫不醒你。"

隽芝看住老祝，"胎儿十分健康吧？"

"情况迄今良好。"

筱芝即时顾左右而言他，似不愿多提及胎儿。

老祝问："是不是真要找酒店？"

"挤不下就是挤不下，"隽芝摊摊手，"走马灯似的，如何休息。"

筱芝也说："她习惯独处，随她去。"

"老祝，拜托你。"

到了门外，老祝才同小姨说："你看筱芝如何？"

"控制得极好，难能可贵。"

"大儿说每个晚上都听见她饮泣声。"老祝慎重地说。

隽芝沉默。

过一会儿她说："妊娠时悸惧是非常正常现象，以她的情况来讲，借哭泣抒发情绪，无可厚非。"

"我觉得很难过。"

"老祝，"隽芝讽刺姐夫，"你一生恨事多。"

别人要是这么说，老祝一定翻脸，可是这是他俏丽伶俐的小姨，他只无奈地搔搔头皮，赔上一个苦笑。

"你来得及时，我怕筱芝患上抑郁症。"

"我是算好日子动身的。"

"小哥哥们来不及等妹妹出生呢。"

隽芝一到酒店房间便宾至如归,彻底休息之后,她把当地亲友逐一约见,开始正式度假,不到一个星期,已经发觉裙头嫌窄,长胖了。

每天晚上她一定去陪筱芝三两个钟头,话不多,有时各管各做事,但姐妹俩精神上得到很大喜乐。

三个男孩子有意外之喜,隽芝阿姨不但不再与他们作对,且有化敌为友趋向。

老大说:"也许隽姨要集中火力应付妹妹。"

"可怜的妹妹,我记得踢踢幼时哭闹,隽姨便伸手去弹她小小足趾。"

三兄弟不寒而栗,不知该如何保护未出生的幼妹才好。

"叫隽姨回家吧。"

"不行,她的《水浒传》刚讲到九纹龙史进。"

"哎,那故事真好听。"

隽芝莞尔,难怪《一千零一夜》中那明敏的宫女得以生存,人们爱听好故事的偏好千年不变。

故事讲到野猪林,易沛充便请放了两星期假来看隽芝。

在医院等消息时，隽芝为孩子们讲智取生辰纲。

筱芝的小女儿要放在育婴箱内观察，就在这一两天内，筱芝情绪失去控制，濒临崩溃。

两星期后出院，婴儿必须定期检查，起码有一年时间需要密切注意心肺发育，筱芝把孩子拥在怀中不放，筋疲力尽的她哭泣不已，却不肯将婴儿交予任何人。

老祝愤慨地说："她不肯给我抱。"

只有隽芝可以接近她们母女。

隽芝只得搬回祝家与她们母女睡在同一房内照应，特别护士空闲得坐在客厅打毛衣。

这是隽芝一生中最苦难的时刻，一生悠悠的她竟日夜照顾一个幼儿，每三小时喂一次奶，刚合上眼，那不足三公斤的小东西又轻轻啼哭，育婴宝鉴再三警告：千万别与新生儿争持，一哭，便得侍候，否则自寻烦恼。

她轻轻把她揣在怀中，热情地抚摩她，待她啜吸那一点点奶水，一方面又得安慰惊怖的筱芝："是我在这里，孩子很好，你快睡。"

睡眠不足神经衰弱的隽芝开始祈祷："上帝啊，求你赐我爱心及耐力，不不，上帝，力气比较重要，赐我无穷无尽大力士那般力气。"

不要说是筱芝，连隽芝也开始不顾仪容，无故哭泣，每三小时婴儿如果不作声，隽芝便跳起来去视看，怕她出事。

奇是奇在半个月后她居然上了手。

同婴儿洗澡时手势纯熟，那小小孩子胖了一点，手脚圆圆，入水时会得用双目示意，似在说："安全吗？我相信你，别洗太久。"

五个男人站一旁围观，他们分别是婴儿的父亲、兄长及未来的姨丈。

此时唐隽芝眼圈黑似熊猫，在火车站里都睡得着了。

好几次她的灵魂堕入梦乡，两只手还紧紧抱住婴儿，靠在沙发上，张大嘴直睡。

有一夜，筱芝轻轻起床，自隽芝手中接过孩子，隽芝骤醒，以为有人来抢婴儿，直叫着跳起来，筱芝第一次掉过头来安慰她："是我，别怕，你且去睡一觉，待我来喂这一顿。"

老祝闻声满眼红筋抢进房来，筱芝没有把他赶走，且对他笑一笑。

隽芝放下心来，筱芝痊愈了，她终于从沮丧抑郁中自拔，隽芝功德圆满。

老祝盼望地说："让我来。"

筱芝居然点点头，把女儿交到他手中。

隽芝来不及看完全幕天伦乐，她倒在沙发上昏睡过去，这是她三个星期来第一次连续睡上五个钟头，无论拿什么来同她换都不干。

一千零一妙方

伍·

人类的感情至为浮面泛滥:

一下子感动,一下子忘怀,纷纷扰扰,不能自已。

第二天，隽芝好好地整顿了一下自己，同易沛充外出吸吸新鲜空气。

在渔人码头上，沛充说："你瘦许多。"

隽芝恳求："让我们速速订飞机票回家，不然死无葬身之地。"

沛充笑，"你那一千零一条妙方好似没有一条管用"。

隽芝遗憾，"啊，你说得再正确没有，我得向读者致歉"。

待真的定下日期打道回府，又依依不舍，隽芝连看护都不信任，频频叮嘱："她喝到一半奶的时候会停一停，那不表示已饱，休息一刻，她会再喝，她是一个争气的婴儿，一心来做人，请予她充分合作。"

三个男孩忍不住问："隽姨，快活林之后又发生什么事？"

隽芝再也不瞒他们："我带了一套《水浒传》连环画来，我也是边看边讲，整套送给你们也罢，叫你爹说书好了。"

"可是他没有你生动。"

"我要回家了。"隽芝无奈。

"你要常常来。"

他们三男一女拥作一团。

"隽芝，"老祝突发奇想，"你一生同我们住岂不是好。"

筱芝斥责："胡说，隽芝很快就会有自己的家。"

短期内祝家是不会返港定居了。

在飞机上，隽芝非常清醒，沛充问她："你不乘机大睡？"但是隽芝的瞌睡病已被小希望治愈，此刻她一天睡五六个小时即够。

不过听见邻座婴儿啼哭，还是会跳起来张望。

她说："离开那么久，不知编者读者有无牵记我。"

沛充看她一眼。

"临走我都有留言交代，可是这些无良的人一声问候也没有。"

沛充说："一位郭凌志先生找过你几次。"

"是吗，"隽芝惘然，"你们告诉过我？"

"你忘了，当时大家全副注意力都在小希望身上。"

一回到家就忙着拨电话去三藩市："小希望今早复诊结果如何，良好？呵……"

隽芝一颗心早飞到那小孩身边。

良久未能平静下来，半夜坐在露台喝酒吸烟，并不享受清静，只觉凄清。

电话铃响，那边一待有人接便说："回来了。"是郭凌志。

隽芝笑答："回来了。"

"恭喜你做了一件有益有建设性的事。"

"小郭，大家是朋友，不妨开心见诚，没有一个男子不重视自己的后裔吧？"

小郭真的很坦白："当然要有孩子，不然何用结婚。"

"生孩子而不结婚呢？"

小郭笑，"慢着，隽芝，我一时弄不懂你的意思"。

隽芝正在重拟措辞，小郭轻轻说："你指做单身母亲或单身父亲？"

"世上很少有单身父亲。"

"那你指未婚母亲？"

"是。"隽芝承认。

"这个问题太严重，不适合在电话中讨论。"

隽芝赞成，"你能否移一移玉步？"

"小姐，半夜三更，人们会怎么想。"郭凌志笑。

"我们要讨论的题目，根本是一个不足为外人道的问题。"

"说得也是，给我二十分钟。"

潇洒的郭凌志不穿袜趿着双懒佬鞋就来了，短裤球衫的他一点不损俊美。

他自携一瓶好酒。

一坐下来他就说："单身母亲不易为。"

隽芝说："兼为人妻、人母，以及拥有事业更不易为。"

"这件事涉及小生命，还须详加考虑。"

"说实在的，你接近过孩子们没有？"隽芝问。

小郭微笑，"我时常看《芝麻街》。仅止如此。

他开了那瓶白兰地，香气扑鼻，呷一口，不禁莞尔，深夜在一个知情识趣的女郎家谈生儿育女，未免太煞风景，他们最适宜讨论的，乃是私奔到哪一个珊瑚岛去风流快活，不过唐隽芝永远给他新鲜感，倒是事实。

小郭说："喜爱孩儿，不一定要拥有一个。"

隽芝微笑，"以前我也这么想"。直至她知道也许永远不可能拥有自己的孩子。

小郭看着隽芝，"我知道今晚你想问什么"。

隽芝道："说来听听。"她想知道他到底有多聪明。

小郭揉揉鼻子，"你想知道，我们男性到底愿不愿意成全单身母亲"。

说得真好，文雅、含蓄，又简易明了，这正是隽芝最想知道的一件事。

"隽芝，我的道德标准相当宽松，我的答案是，要看对象是谁，如果是一位精神经济均已独立，有能力有智慧的女性，而我又钟情于她，这件事可以考虑。"

隽芝松口气。

"但是有许多技术性问题需要兼顾，譬如说，社会制度殊不浪漫，发出生证明文件予新生儿的时候，绝不理会他是否爱情结晶，本市现时规矩是政府机关一定要看父母合法婚书，否则幼儿将登记为私生子，身份特殊，一定会受到某一拨人士歧视，你想，对他是否公平。"

隽芝沉默。

"生活本身已可以是相当沉痛的一件事，再加上无须有压力，百上加斤，对幼儿似乎有欠公允。"

唐隽芝遇到的都是好人。

"孩子应该有一个合法的父亲。"

"吃人的礼教。"

郭凌志也十分感慨："真的，潇洒与不羁都要付出极大代价，社会现有的制度仍然把人箍得死死，隽芝，生活在俗世，不得不遵俗例行事。"

"可是世上仍有许多勇敢的女性。"

"相信我，"小郭莞尔，"其中有一半不知她们在做些什么，另一半应当把勇气留作革命用。"

"说到底，你不赞成。"隽芝诧异了。

小郭微笑，"不，我一早说过，看对象是谁"。

"回家吧！"隽芝没好气，挥舞着手逐客。

小郭含笑取过外衣离去。

那天晚上，隽芝通宵赶稿，存稿无几，险过剃头，第二天便得上出版社亲身交代。

一上楼便看见莫若茜，身形好比一座山。

热情的隽芝早把前些时的芥蒂丢在脑后，"哎呀，"她说，"这种关头你还出来逛花园？"

"隽芝，你回来了，令姐可好，那奇迹婴儿如何？"

两人依然有说不完的话。

隽芝先把稿件交到编辑部，然后问老莫："就是这几天了吧？"

"是，所以我出来散散心，隽芝，闷死我也。"老莫直诉苦。

"嘘嘘，少安毋躁，即将大功告成，宜静心等候。"

"你说得对，隽芝，我真是老寿星找砒霜吃，活得不耐烦了。"

"我唐隽芝从来没说过如此没心肝的话。"

"隽芝，女佣拿腔作势跑掉了，此刻只剩个钟点打杂。"

"哎哟，哪个太太不经历这些烦恼，个个去跳楼不成。"

老莫听到隽芝好言安慰，顿时舒一口气。

"你对我们真好。"

"最后关头精神紧张是平常的，要原谅你自己。"

"隽芝，我害怕。"

"是，我明白，像每次乘搭长途飞机一样，怕至唇焦舌燥，怕一大团铁直摔到太平洋里，悸惧是正常的，我们不过是普通人。"

"隽芝，你呢，你几时做手术？"

"快了。"

"比我先还是比我后？"

"那要看令郎什么时候由胎儿晋升为婴儿。"

"我有种感觉他似迫不及待。"

"做婴儿的活动范围大过胎儿，他会喜欢的。"

老莫紧紧握住隽芝的手，她真怕她疏远她，她需要一个这样的好朋友。

"拿点勇气出来，莫若茜。"

老莫振作，"我配了副新近视眼镜，否则与新生儿同病相怜，你可知道他们的视程只得十寸？"

"那多好，母子脸趋脸细细审视对方。"

老莫大笑，"他看见母亲那么老准吓一跳，我看见他长得丑恐怕也会大叫"。

隽芝笑着说："这是我下一个虐儿题材。"

可见老莫仍懂得苦中作乐。

"你今天来出版社干什么？"

"大老板希望我产后复出。"

"你的意思呢？"

老莫说："我希望与婴儿厮守一年，认为不算奢侈。"

"他怎么说？"隽芝很有兴趣。

"他想法不同，他认为这是经济论中至大浪费：我的薪酬足可雇十个特别看护育婴有余，何不善加利用资源。"

"对婴儿来说，母亲是母亲，对母亲来说，婴儿是婴儿。"

"对老板来说，他急需用人，母婴与他何尤哉。"

"你推搪他？"隽芝微笑。

"推他容易，推那份七位数字年薪不易，"老莫叹息，

"贪财是人之天性，谁不想生活得更好。"

"你不是那种人。"

"别试练我。"

老莫上洗手间的时候，她丈夫来接她，隽芝认得他，于是点头招呼。

没想到他一开口就诉苦："唐小姐，你是我妻子唯一益友。"

隽芝受宠若惊。

隽芝知道老莫的丈夫姓计，但是她少年就出来做事，不随夫姓，故知道的人不多。

那计先生说："我是你专栏《一千零一妙方》的忠实读者，一个人若不爱孩子，就不会那么细腻地留意孩子们一举一动，我妻需要你这样的朋友多过那些所谓事业女性。"

隽芝唯唯诺诺。

"她们尽会叫育婴辛苦，实际上有几人亲手抚育过孩子，有能力的雇保姆，经济稍差的塞到外婆家，甚至托儿所，人前人后却一派慈母样，劝我妻照版实施，插手我家事。"

隽芝发觉承受巨大压力的尚有这位未来父亲。

于是安慰道："不会的，莫若茜不会听她们的。"

"你呢，"计先生双目睨着隽芝，"唐小姐，你认为莫若茜应否在六个星期后连家带孩子交给保姆？"

隽芝无招架之力。

这个社会问题备受争议已达四分之一世纪，霎时间叫唐隽芝这名小女子如何作答，苦也。

幸亏莫若茜这时出来了，问丈夫："你同隽芝说些什么，你看她脸色骤变。"

那计先生悻悻说："我根本不赞成你来同老板开会，世上的钱是赚不完的，你应当知道何者重要。"

莫若茜将手臂伸进丈夫臂弯，笑说："你最重要。"

隽芝目睹他们贤伉俪离去，松出一口气，姜是老的辣，隽芝要向莫若茜学习之处多着呢。

唐隽芝最应该学的是这招连消带打。

医生嘱她一星期后入院。

隽芝在这七天内尽赶稿应急，她仍然无可避免地紧张，翠芝来接她的时候发觉她双手颤抖。

"要不要叫易沛充来？"

隽芝摇摇头，"做完手术才通知他"。

翠芝颔首，"也好，免得场面夸张"。

"翠芝，你算是最了解我的人了。"

巧是真巧，姐妹俩在医院大堂碰见老朋友莫若茜，只有时间招招手，伊便由丈夫及其他亲人簇拥着乘电梯上八楼产房。

"你看，"隽芝感慨万千，"际遇不同。"

翠芝劝道："你若向往这种场面，将来生养时我帮你叫沛充敲响锣鼓。"

隽芝嗤之以鼻："一定要同易沛充生吗？"

"哟，我可不知你交友广阔，多面发展。"翠芝瞪她一眼。

翠芝在病房陪她到深夜，在电话中与两个女儿喁喁细语，情深似海。

隽芝说："我来讲故事给她们听，祝氏三虎不知多爱听我说书。"

"算了吧，"翠芝抱拳，"你那些恐怖故事叫我女儿噩梦连连，您真是虐儿能手。"

隽芝有点歉意，她的确绘形绘色讲过聊斋故事给菲菲及华华听。

"鬼故事亦有益智一面，况且我讲的都是经典名著。"

"你一直不喜欢孩子们，直至最近，为什么？"翠芝问。

"我不是不喜欢他们，我只是不原谅自己，孩子们提醒我，我虽不杀母亲，母亲因我而死。"

翠芝摇头："彼时医学落后，大家均不知道乳腺癌因怀孕迅速扩散，求求你不要再把自己沉迷在这件事里。"

隽芝苦笑："我瞌睡了，翠芝，你请回吧。"

"明早我再来。"

隽芝想起来："对了，翠芝，你知不知道谁家的孩子叫囡囡？"

翠芝不以为意："护士来替你注射了。"

隽芝堕入梦乡。

第二天一早，长话短说，最简单的描述便是，唐隽芝似牲口准备受屠宰般被安排妥当。

翠芝赶到时她已服过镇静剂，只能咧嘴向姐姐笑笑，不能言语。

她忽然看到翠芝身后有个人，谁？是易沛充，他在哭，这傻瓜，居然抹眼淌泪，唉，完全不必要，过两天，他还不是会为着芝麻绿豆的事同她吵个不休，人类的感情至为浮面泛滥：一下子感动，一下子忘怀，纷纷扰扰，不能自已。

隽芝这一刻内心明澄，嘴角挂着浓浓笑意。

看，一个人有一个人的好，了无牵挂，赤条条来，赤条条去。

唐隽芝被推进手术室。

仿佛只过了一分钟就苏醒了，隽芝十分宽慰，噫，又可以在红尘中打滚兼穿时装吃冰激凌了，随即那极度炙痛的感觉排山倒海而至，覆盖她全身每一个细胞，隽芝忍不住喘息，"痛！"她说。

是翠芝的声音："好了，醒了。"

她醒了，母亲没有。

隽芝躺病床上，断断续续，不停地睡了又睡，梦中穿插无数片段，似回复到婴儿时代，她看见了母亲。"隽芝，振作一点，隽芝。"母亲叫她，隽芝落下泪来。

老莫曾同她说过："不是每个母亲都像你想象中那般完美。"

隽芝当然知道，有同事告诉她："在家住了十多年，家母一直给我们吃剩菜冷饭，我们从未见过当初新煮的食物，真正怪不可言。"

又有人抱怨："要书没书读，要衣没衣穿，要吃吃不饱。"

更有人说："这叫作怪？我记得童年时多年来每早都有小贩送来一只面包与一瓶鲜牛奶，我从来没尝过滋味，弟弟也没有，由谁享用？是家父自己，孩子有什么地位？幼儿是最近才抬的头。"

"家母待我，无微不至——地精神虐待。"

也总比没有母亲好，吵闹争执，互相憎恨也是一种关系，许多夫妇折磨对方数十年难舍难分，也基于同样原因……

四肢不能动弹，脑袋可没休闲，这许是文人本色。

真正清醒，是三十小时之后的事，隽芝见身边有个人蹲着，便脱口问："喂，几点钟了？"

那人是双眼布满红筋的易沛充。

隽芝浏览病房，已经有两大蓬白色鲜花搁在床头。可见郭凌志来过两次。

另一只瓶中还有小小紫色勿忘我，这是易沛充作风。

自制慰问卡两张，出自菲菲与华华。

接着易沛充轻轻说："二姐二姐夫送了香槟来。"

隽芝精神一振："快点冰起来。"

沛充问："感觉如何？"

"痛。"

"极难受？"他心疼不已。

"像一块烙铁烤在小腹上。"隽芝已痛出一额冷汗。

"我唤人来替你注射止痛针。"他伸手按铃。

隽芝问："你都知道了？"

易沛充点点头："隽芝，让我们结婚吧。"

"我可能无法生育。"

"我们顺其自然。"

"不，易沛充，为免日久生悔，不如先试试生孩子。"

"你说什么，你麻醉药醒了没有？"易沛充提高声音。

护士捧着针药进来，刚刚听见这句话，不禁瞪着易沛充斥责："你为何对着病人大呼小叫？有什么事，过几天再找她商量未迟。"

可怜的易沛充，不眠不休两日两夜，换来一顿责骂。

他只得暂时出房回避。

隽芝双眼看着雪白天花板，结了婚盼望孩子而没有孩子，十年八年那样呆等下去，噫，好人变成罪人，唐隽芝才不吃那样的苦——终日以内疚目光看住丈夫，低声伏小，出尽百宝用其他办法补偿……谈也不要谈，她情愿孤苦一生，让易沛充娶别人好了，年年为十一亿人口添多一名。

她唐隽芝照样依然故我做人。

除非先让她怀孩子，否则绝无可能嫁易沛充。

沛充回到房中，"我去替你买些书报杂志回来"。

"沛充——"

"没有商量余地，先结婚，后生子。"

"你这个迂腐的末代书生。"隽芝摇头叹息。

她独自躺床上，听见轻轻啪的一声，吓一跳，半晌，才发觉那是自己豆大的眼泪掉在枕头上的声音。

隽芝讪笑，不知多久没有这样伤心，如今到底是为了什么？人生在世，唐隽芝已不算委屈。

下午，翠芝了解了情况，在医院餐厅与易沛充说话。

"沛充，缘何斤斤计较个人原则？当心因小失大。"

"二姐，你难道看不出来，隽芝目的在孩子，不在我。"

"爱你的孩子，不就等于爱你。"翠芝不假思索。

易沛充苦笑："但愿如此，但那只是上一代的想法，新女性把婴儿与他的父亲划清界限，互不干扰，二姐，这世界渐渐要变成母系社会了。"

"沛充，别乱说话。"

"真的，新女性有才干有智慧有收入，她们才不在乎家中有否男人支撑大局，孩子索性跟她们姓字亦可，二姐，我不允许这种事发生在我身上。"

"隽芝不会的。"

"我有第六感，如果答应了她，一旦有了孩子，她一定踢开我。"易沛充非常感慨。

翠芝先是一怔，随即大笑起来，呛咳不已。

世界真的变了，若干年前，哪个无知少女未婚怀孕，那真要受全人类践踏，贬为贱坯，永不超生，一般人只听过要儿不要娘，可是此刻易沛充一个堂堂男子汉却担心女友要儿不要爹。

还有比这个更好笑的事吗。

易沛充似只斗败了的公鸡。

他说："一旦同居，隽芝得了手，她干吗还要与我结婚，我还能给她什么？所以我定要基守这条防线，如果要我易沛充死心塌地，必须要有合法婚书。"

翠芝连眼泪都笑出来，"对，你要有合法保障"。

"不然的话，我只是妍夫，我孩子是私生儿，太吃亏了。"

"是，男子也有权要求名分。"

"二姐，你可同情我？"

翠芝要到这个时候才能松口气，正颜说："我一向当你是妹夫，沛充，那得看隽芝肯不肯退一步了，别怪我不提醒你，没有谁可以阻止隽芝生孩子。"

易沛充立刻捧住他的头。

他想到那一大蓬一大蓬的白花的主人，那男子有一双会笑的贼眼，相形之下，易沛充看上去似一块老木头。

这种人虎视眈眈，专门伺虚而入，莫制造机会给贼骨头才好。

"沛充，记住要大小通吃呵。"

易沛充拿住黑咖啡的手簌簌地抖。

那边厢隽芝正在辗转反侧，呻吟不已，忽见病房门外摇摇晃晃摸进来一个人，定睛一看，竟是穿着睡袍的莫若茜。

隽芝吃一惊："你还没有生？"

"当夜就生啦，刚去育婴室看过孩子。"老莫笑嘻嘻过来。

"刚生育就乱跑？"隽芝更加吃惊。

"来看你呀。"老莫慢慢坐在她床沿。

"不痛？"

"可以忍耐。"笑嘻嘻丝毫不在乎，气色甚佳。

她刚见爱儿，心情亢奋，身体内分泌产生抗体，抵御疼痛，情况自然与隽芝有所出入，大大不同。

唐隽芝黯然。

老莫握住隽芝双手："明年今日，你也来一个。"

隽芝哑然失笑："同谁生？"

老莫理直气壮，挺挺胸膛："自己生，咄，恒久以来，盘古至今，谁帮过女人生孩子？"

隽芝想一想："医生。"

"我有好医生，别怕。"

隽芝微笑："老计呢，他一定乐不可支。"

"真不中用，"老莫言若有憾，"一看见孩子的脸，竟号啕大哭。"

"同他长得一样？"隽芝莞尔。

"一个样子出来似的，真正不值，明明由我所生，跟他姓字，还得似他印子。"

隽芝亦笑，疼痛感觉稍去。

"我同婴儿会在医院多住几天，你知我同老计双方父母已不在，妯娌也一大把年纪，不便照应别人，用人不太可靠，还是医院至安全，我天天会来探访你。"

隽芝按铃。

"干什么？"

"叫看护扶你上楼。"

"不用不用。"

老莫身上穿着至考究的织锦缎睡袍，腰身已经缩小，十分风骚，浑身洋溢着大功告成的幸福。

"老莫，值得吗？"

莫若茜忽然收敛了笑脸，看向窗外。"我没想过这个问题，抚育孩子道路既长且远，十分艰辛，值得与否，言之过早，隽芝，许多事不能详加分析，仔细衡量，你我凡夫俗子，不如人云亦云，以后日子，想必有苦有乐，人各有志，你若觉得闲云野鹤、逍遥自在的生活比较理想，千万别生孩子。"

隽芝对这番中肯之言肃然起敬。

看护进来把老莫带走。

隽芝六天之后出院。

阿梁开车来接她，见到平日虎虎生威、目空一切、傲视同侪的小姨今日也同一般病人没有什么异样，分明软弱无能，奄奄一息，倒是有点好笑。

"为什么不叫易沛充陪你？"阿梁问。

翠芝白丈夫一眼："见男朋友，当然要花枝招展时才适合。"

"沛充是自己人了。"

隽芝鼻子一酸。

"隽芝不如到我们家来住。"

"你们家吵，我睡不着，到处都是呼吸声。"

"这算是什么理由，"阿梁不以为然，"怪我们粗人鼻息重浊。"

"让隽芝静一静也罢。"

"隽芝所有毛病都是静出来的，跟我们一起，热闹喧哗，一下子一天，不知多开心。"

翠芝抗议："梁先生，你这话好不风凉，难为我为家务度日如年。"

梁氏夫妇将隽芝送到家，才打道回府。

隽芝对牢空屋说："我回来了，一切如常，从头开始。"

公寓虽然不大，也似有回音。

住不住得下一个幼婴呢，那小人儿霸占起空间来，潜力惊人，一进门，就尽情发挥，到处都是他的衣服、杂物、奶瓶、玩具、推车、高凳，一哭，立刻要飞身扑上服侍，一点商榷余地都没有。

郭凌志的电话到了:"要不要高级私人娱乐?"

"慢着,明天吧,明天我洗个头换件衣服,似个人样,你才上来。"

"隽芝,我们是兄弟班,你不必狷介。"

是吗,他给他所有兄弟均送上白色香花? 隽芝对这种口气好生奇怪。

"我有事同汝商量。"小郭语气十分兴奋。

"铁定明天中午见面,你给我带瓶好酒上来。"

唐隽芝是何等样敏感的人,立刻觉得他真的有话要说。

一个男人要同一个女人说话,若不是想进一步,便是想退一步,郭凌志打算往前进,还是往后退?

唐隽芝最希望人人维持现状,可惜一切不由她一人控制。

隽芝立刻动起脑筋来,小郭若是要进一步,肯定替她带来烦恼,唐隽芝与易沛充已建立起根深蒂固、牢不可破的感情,立时三刻要隽芝做出抉择,答案至为明显,小郭那么玲珑剔透,相信不会那么做。

难道要求退出?

这倒是十分可惜的一件事，这样通情达理、光明愉快的男性朋友实少见。

明日他一来到便知分晓。

真没想到洗一个头就几乎要了唐隽芝小命，她头一次了解什么叫作力不从心，有病方知健如仙，平时三四分钟从容胜任的等闲琐事，今日气喘如牛，苦苦挣扎，浑身湿透，痛入心肺尚未完成。

隽芝不由得叹息一声：健康即是一切，这是谁说的？

筋疲力尽，她还得化个淡妆，套上件宽身便服，若无其事地端坐客厅，候郭凌志大驾光临。

决不能让他发觉唐隽芝经不起一点小风浪，遇事即沉，蓬头垢面，辗转呻吟。

小郭一向准时，隽芝蹒跚走去替他开门，一见他，立刻强自振作，挺起胸膛。

小郭一见，放下大半心，"气色好得很哇"。

女人的真正气色，在今时今日，肉眼已经完全看不出来。

天气已经颇冷，小郭仍然一身乳白，他的衣柜中似没有第二个颜色，整年服侍骄纵淡色，非同小可，聪明女子有见及此，多数知难而退，还是易沛充一身深蓝容易应付。

他斟出酒给隽芝，"好酒医百病"。

他仿佛仍然在兴奋状态中。

"隽芝，"他蹲在她面前，"记得入院之前，你曾经与我讨论过有关未婚父亲事宜。"

隽芝张大了嘴，什么，他愿意？

"我知道你说的，不过是一项假设，你是文人，秀才造反，三年不成，"他笑，"理论管理论，未必有机会实施。"

隽芝微弱抗议："谁说的。"

郭凌志笑笑，不予回答。"真没想到，另外有时代女性，想法同你一样。"

啊，谁？

"我有一位大学同学，最近特地自伦敦回来找我，所提建议，同你那套，一模一样。"

唐隽芝跳起来："抄袭猫！"

"隽芝，我相信只是不约而同，纯属巧合，天南地北，各处一方，如何模仿？"

隽芝不安："她是怎么样的一个人？"

"且听我细说，我们在大学不同系，她念化学，毕业后投身著名普施药厂化妆品部门，甚有贡献，试验了几只长春不老面霜，推出后销量一流——"

"我从来不用普施这种廉价化妆品。"隽芝咕哝。

"隽芝，你让我把话说完可好？"

"赶快入题。"

郭志凌看着唐隽芝笑。

隽芝又催他："说下去呀，卖什么关子？"

郭凌志喝一口酒，伸伸懒腰。

"她长得可美？"

"高、神气、雪白皮肤，浓发，一双大眼，强壮的嘴唇。"

"唐人？"

"华人，原籍上海，香港出生，现持正宗英国护照。"

"你们约会过？"

"来往过一个学期，很谈得来，稍后她同别人恋爱、结婚，但没有生子，三年后离婚，致力事业，现在，她想要一个孩子。"

隽芝揶揄："你还在等什么？"

"我没料到时隔十年，她一想想到我。"小郭搔搔头皮。

"好的人才太缺乏了。"隽芝越发讽刺。

"幸亏早些时候你已与我谈论过这个问题，否则一时还真的接受不来。"

唐隽芝为他人做嫁衣裳？

"她现在本市，等候我答复。"

老实说，隽芝有点佩服这个女子，人家可不是光说算数的。

"她一切已经准备妥当，据她说，我们甚至不用共处一室，她相信我可以给她一个可爱活泼聪明的孩子。"

隽芝补一句："而且长得漂亮。"

郭凌志吁出一口气。

"天赐良机，缘何踌躇？"

"我看过她的协议书。"

呵，还有法律约束文件，了不起。

"其中有几项是这样的：一、孩子随母姓；二、男方无探访权，无话事权。"

"这样说来，事后你是完全消失？"隽芝吃一惊。

就是。

"那怎么行？"隽芝代抱不平。

"就是呀，条件如此苛刻。"

"完全没有商量余地？"隽芝皱上眉头。

"干科学的人一向斩钉截铁，一是一，二是二，没人情讲。"

"男方甚至不获见婴儿一面？"

"男方在孩子出生之前，可陪伴女方甚至天天见面，但出生后只能看幼儿一次。"

"呵，她怕男方对婴儿产生感情。"隽芝颔首。

"多残忍。"

隽芝微笑，讲来讲去，这不是郭凌志可以胜任的工作。

"女性恃着她们可以生儿育女，为所欲为。"小郭感慨。

"令友贵庚？"隽芝益发好奇，想知得多一点。

"比我稍大，有三十五六了。"

"她在等你回音？"

"是，给我三天考虑时间，如愿合作，则共赴英伦到某医院共商大举，如不，她尚有别的候选人。"

"一切费用由她支付？"

"不在话下。"

真厉害。

隽芝黯然，她虽有此意，却未必有胆实施，人家一想到，已经轰轰烈烈地干了起来，高下立分。

"我不愿意做女皇蜂手下一枚棋子。"

总有人心甘情愿，有志者，事竟成，那位女士不会空手而回。

"隽芝，这就是我要同你商量的大事，唉，世界之大，无奇不有。"

"也许十年八年，若干年后，这样的事，十分等闲。"

郭凌志十分困惑："这么说来，将来女性都有子女陪伴到老，而我们男人则终身孤苦无依？"

隽芝忽然笑了，"活该，没有牺牲，没有收获"。

"喂喂喂。"郭凌志郑重抗议。

他为之变色，那一天仿佛已经来临，未来世界中孩子们全部跟随母亲生活，幼儿字典中，没有爸爸两字，男人丧失地位，力求挽救，希望发明人造子宫，父代母职，以免老来孤苦无依，在老人院中呆坐……

隽芝哈哈大笑，若不是怕伤口疼痛，还可以更加放肆。

郭凌志定一定神说："隽芝，我不会答应你，也不会答应她，我不会答应任何人，要不拉倒，要不做全职父亲。"

"全职？你可知道那是一个什么样的包袱？"

"我知道，有一天我会愿意承担那种责任。"

只怕届时他要脱下那身乳白色打扮。

小郭问："女性会不会放弃现存偏激态度，与男性和平共处，一起背起家庭与育儿责任？"

隽芝叹口气："你指的是婚姻制度，已经证明绝不公平，女性对它一日比一日反感。"

小郭长嗟短叹。

看着那么一个英俊的男子愁眉百结地烦恼，亦是赏心乐事。

可惜隽芝体力不支。

郭凌志吻她的手，"我明天再来"。

"小郭，我考虑过了，我决意帮你设计童装。"

他大喜过望："我知道上天待我不薄。"再次露出笑容。

"小郭，如果我是你，我才不担心，像你这般人才，不知多少女郎会向你垂青。"

这是一句很普通的陈腔滥调，郭凌志一听，却跳起来："唐隽芝，你真正懂得把大女人情结发挥得淋漓尽致，女人肯喜欢我，我就得乐不可支？你有没有想过，也许我也有选择？"

以前，以前是他们主动挑选她们的。

小郭走了之后，隽芝松口气，恢复病人本色，慢慢返回卧室，还好，暂时，她还没有失去这个朋友。

傍晚翠芝带着两个女儿来探访她。

菲菲偷偷把一管巧克力豆塞在阿姨手中，隽芝悄悄说："我会十倍报答你。"活着当然还是好的。

她同翠芝说："进过手术室，人生观真的不一样。"

"嘿，那是小儿科，待你进过产房，才知道我们这副铁石心肠是怎么练就的，从此老皮老肉，视廉耻及自尊为无物。"

"别说得那么可怕。"

翠芝坐下来,"我挺羡慕你的,隽芝,你懂得生活,主意十足,但异性却不觉你霸道,你看易沛充待你多好,他仍然愿意照顾你,你是真正享有自由选择的第一代女性"。

"翠芝,你也是呀。"

"我?我们这一代太努力想证明自己的能力了,姿势欠佳,有点儿恶形恶状,最终亦不能家庭及事业兼顾,倒扣五十分。"翠芝感慨。

"不,翠芝,你是个优异生,至于我,我太贪玩,可能交不出论文。"

"你同我放心,五十岁都不用担心,医生会帮你。"

两个小女孩进来找妈妈,菲菲她在母亲耳畔嘀咕半晌,扭扭腰,又顿顿足。

"有烦恼吗?"隽芝微笑问。

"唉,女人亘古至今的大难题:穿什么好呢,幼儿园下周末居然举行化装舞会,菲菲为此烦恼良久,扮作一只小鸟,还是一朵花?我真不知该到何处去替她置道具服装。"

隽芝一听,大乐,"到隽姨这边来,隽姨有办法"。

"哎，我怎么没想到，隽芝，你本行是服装设计。"

"菲菲，你要扮小飞侠，还是阿拉伯公主，抑或小凤仙，还有，阿里巴巴可好？"

菲菲当然识货，感动之余，一下子伏到阿姨怀中。

翠芝颔首："人生观一下子变了，不再虐待我的女儿了。"

隽芝紧紧搂住小菲菲，喃喃说："装扮妥当，先要在我面前唱歌跳舞，拍照留念。"

菲菲一直点头，什么都答应。

隽芝深深叹息一声。

第二天，易沛充来看女友。

一进门，见并无白色夸张大花篮，心头略安。

"看大姐夫给我们寄来什么。"他拿着一只牛皮纸信封。

隽芝精神一振："大姐好吗？"

"奇迹儿胖了近一公斤，情况良好，此刻希望祝氏夫妇会得复合。"

隽芝笑笑，有这种必要吗？她很明白大姐二姐的脾性，同她自己一样，倔强如牛，不知遗传自父亲还是母亲。

母亲，呵，母亲，隽芝的心又温柔地牵动一下。

易沛充做了两杯咖啡，递一杯给隽芝，色香味恰到好处，老朋友就是这点好。

隽芝问："老祝那奸人寄什么东西来？"

"非常有趣的资料。"

"咄，他搞得出什么花样。"隽芝不喜欢这个姐夫。

"你记得我们在医院陪筱芝吗？主诊医生见我们坐立不安，唤我们进电脑室，做了一个简单测试游戏，结果出来了，"他扬扬信封，"就在这里。"

隽芝说："雅兴不浅，是什么游戏？"

"我把你与我的照片输进电脑，推测我们的孩子长相如何，医院收一笔费用，拨入津贴。"

隽芝整个人愣住："什么，我同你，唐隽芝与易沛充的孩子？"

"是。"易沛充笑眯眯。

隽芝说："有照片吗？"

"有，从零岁到二十岁的照片都有。"

"快给我看。"

太惊人了，这简直是大预言，电脑竟可预测一个未生儿零岁至二十岁的长相。

易沛充打开信封，取出厚厚一沓资料，"不可能百分百准确，但的确根据我同你脸形五官来推测"。

隽芝取过照片，自第一张看起，呵，初生儿小小圆面孔像足易沛充，眼睛鼻子都合规格，不太标致，但是十分可爱，如果这真是唐隽芝的孩子，唐隽芝已万二分满意。

隽芝泪盈于睫。

沛充说："电脑指出我同你五官其实十分相似，故此孩子的相貌不难预测。"

"他是男是女？"

"我喜欢女儿，她是女孩。"

隽芝看第二张照片，她长大了一点，笑容满面，活泼健康，眼神中有一丝顽皮神色，隽芝心如刀割，放下照片，"世上根本没有这个人"。

沛充诧异："隽芝，这不过是一项推测游戏。"

"太私人了，我吃不消。"

沛充没想到隽芝反应如此强烈，欲收起照片，隽芝又不给，她好奇。

抽出第三张照片一看，唐隽芝愣住了。

小小女孩已长有一头浓密头发，眼睛同隽芝一模一样。圆圆鼻子承继自易沛充，使隽芝吃惊的是，她一早已经见过这小女孩。

这正是那个在梦中，叫隽芝抱她上灯塔的幼女。

隽芝浑身汗毛竖起来，照片啪一声跌落地上。

沛充连忙说："隽芝，你没有不舒服吧？"

隽芝抬起头，囡囡，囡囡是她的女儿，她竟在梦中看到了未生儿，日有所思，夜有所梦，不可思议。

隽芝轻轻问："易沛充，如果你有女儿，乳名叫什么？"

沛充笑了，"宝宝，或是贝贝，家母幼时叫囡囡，你如不反对，就叫囡囡"。

隽芝瞠目结舌，不知道说些什么才好。

她一直弄不清楚梦中幼女是谁，到处查询，现在真相大白，小女孩原来是唐隽芝的女儿。

不不不，这一切都是巧合，隽芝掩起面孔。

"看，"易沛充说，"看她二十岁的外貌。"那部电脑，真正非同小可。

照片里的少女精神奕奕，脸容秀美，隽芝凝视，爱不释手，仿佛二十多年真的一晃眼已经过去，囡囡长大成人，隽芝忍不住问："她功课好吗，念哪一科？"

易沛充忍不住放肆地发挥他的想象力："她是天文物理博士，刚将她发现的第一颗新星献给父亲。"

"母亲。"隽芝抗议。

"双亲。"易沛充退一步。

隽芝憧憬："她有没有对象？"

"还没有，她像她父母亲般选择晚婚。"

隽芝忽然之间比一般母亲更像一个母亲，焦急地说："什么，连谈得来的男朋友也无？那多寂寞，只有月亮星星做伴是不行的，我难道没有介绍计健乐给她？"

说到此处，才蓦然想起，易囡囡尚未出生，不禁气馁。

易沛充笑，"隽芝，让我们结婚吧"。

到这个时候，唐隽芝也承认结婚仿佛是唯一的道路真理生命。

"你得先听听我的医生怎么说。"

她把易沛充带到医务所去，两人坦诚，面对现实。

医生说："唐小姐手术后情况相当良好，易先生，如果你愿意接受检查，答案可以更加肯定，不过，即使完全正常的夫妇，也有可能不育。"

易沛充很豁达："那是天意。"

医生说："恭喜你俩。"

离开医务所的时候，隽芝说："婚后一年不见功效，大可以离婚，我不会拖累你一世。"

易沛充诧异地看着她，啧啧称奇："真没想到你俄罗斯话说得那样好了，是常常练习的原因吧。"你看，世上原本没有好人。

像区俪伶一样，隽芝办事采取低调手法，她不是怕万一事情不成人家取笑，而是压根儿认为一切私事与人无尤，至怕人七嘴八舌加插意见，顺得哥情失嫂意，最后总有事后诸葛偏嘴曰：看，不听老人言，吃苦在眼前。奇是奇在专门有一事无成，田园荒芜人士振振有词，做督导员指点他人如何为家庭事业努力。

他们选择旅行结婚。

隽芝身体逐渐康复，创伤丢在脑后。

猛地想起，她忙，人也忙，好一阵子没听到郭凌志的消息，那英俊小生近况不知如何。

趁空当上制衣厂跑一次。

到了人家地头，发觉物是人非。

接待隽芝的是位年轻小姐，满脸笑容，胸有成竹。"我叫王马利，现在由我暂代郭凌志的位置，唐小姐，欢迎大驾光临，久闻大名，如雷贯耳。"

隽芝见大家都是年轻人，不同她假客套，开门见山地奇问："小郭到什么地方去了？"

王马利笑笑："问得好，唐小姐，他失踪到伦敦去了。"

隽芝一听伦敦两字，心念一动。

王马利说下去："据说，他与当年大学里的旧爱重逢，身心皆不由己，追随她身后，置事业不顾，去处理生命中更重要的事宜，艺术家是浪漫的多，信焉。"

隽芝将前因后果衔接在一起，得到一幅很完整的图画。

"此行去得匆忙，可能来不及通知亲友，"王马利抱怨，"公司被他搞得伤透脑筋，他愿意赔偿，但我们要的是他的人，他的创意，百忙中只得退了一步又一步，准他停薪留职，迟迟等他回来。"

隽芝笑道："贵公司可爱才如命，真没话说。"

王马利也笑："只难为了我这等无才小人物呢。"

恁地谦虚，若非才情并茂，怎么说得出上面一番话来，隽芝自叹弗如。

"唐小姐，你找他是公事还是私事？"

"半公半私，他叫我设计童装——"

王马利惊喜过度，直站起来问："有图样吗？"

"暂时只有夏季几个图样。"

"谢谢你，唐小姐，我们求之不得，我马上叫人草拟合同，送到府上，图样可否留我这里？"

反正已经带来了，王马利又如许热情，隽芝便耸耸肩。

她俩又谈了一些细节，隽芝在告辞时有点累。

开会这件事好似比赛摄魂大法，这次显然唐隽芝略略落了下风，功力受损，故此觉得疲倦。

唉，在家独力创作已有一段日子，已不惯与人角力，精力技巧大不如前。

抑或骤然听到郭凌志赴英消息，受了震荡，以致分心？

他连再见也没有说便一走了之。

而唐隽芝还一向认为她在他心目中是有些地位的。

走到半路，隽芝笑了，她同他简直是半斤八两，旗鼓相当，已决定结婚，她又何尝想过知会他一声？可见两人一般凉薄。

他在她与易沛充感情矛盾期扮演了一个解闷的角色，如此而已，他是个聪明人，当然知道进退，郭凌志不能够一直在别人的故事里进进出出，直至年老色衰，故此他一接到属于自己的剧本，马上寻求发展机会去了。

希望他成功。

女方很有可能与孩子的父亲发生真感情，事情或许会有一个传统的大团圆结局。

人同此心，翠芝也这么想。

她说："在香港结婚好，菲菲与华华还没有参加过教堂婚礼。"

隽芝但笑不语。

"你太过自我，"翠芝抱怨，"恭祝你生下孩子后完全失去自我，终日与奶瓶厮缠。"

隽芝有一个问题想问很久了，"假使有了小东西，男方会不会帮忙？"

翠芝嫣然一笑："我的座右铭是有福同享，有难独当。"尽在不言中。

"谢谢你。"隽芝说。

出发之前与大姐通过电话，筱芝抱着小女婴，那孩子波波作声，似与阿姨打招呼，隽芝把耳筒紧贴耳边，难舍难分。

"到我们这里来注册吧，我为你证婚。"

"恕难从命。"

"你俩想躲到哪里去？"筱芝笑问。

"无可奉告。"

"你这家伙，太懂得享受了，喂，我们家尚欠一对孪生儿，动动脑筋，生一双来玩玩。"

筱芝与翠芝肯定都长着狗嘴。

"大姐，孩子们如何？"

"托您鸿福，都还不错。"

"老祝呢？"

"我已不过问他的事。"

如果换了一个脑筋不大灵活的人，怕只怕会做世故贤
淑状说：唉，到底是孩子的父亲嘛，最好人人左右先后忠
奸不分，天下为公，大被同眠，给她闲谈资料，可惜唐隽
芝头脑清醒，维持缄默。

"你想说什么？想问我俩之间还有没有希望？"

隽芝不出声。

筱芝说："我可以马上回答你，一点希望都没有。"

"我明白。"

"太好了，姐妹到底是姐妹。"

"你自己保重。"

"你也是。"

隽芝又再坚持与婴儿依噫呃呵了一会儿。

要离婚是一定离得成的，看双方有无诚意。

隽芝对易沛充充满信心。

有信心白头偕老？不不不不不，唐隽芝并没有患上妄

想症，她只不过有信心当最坏的一刻来临，两个人均有理智好好坐下商谈把问题解决。

这已经是最理想夫妻关系。

唏嘘？不要抱太大希望，就不会有太大失望，隽芝与沛充之间最可贵之处就是从来没有试图把对方的优点放大，或是缺点缩小，他们看到的，是伴侣的真实尺码。

接隽芝往飞机场的时候，沛充注意到，客厅中不再有白色鲜花，他莞尔，能干聪敏的隽芝一定能把这种小事情完满解决。

两个人都没有告诉亲友，他俩已在香港注册，旅行目的地是峇里[1]。

在飞机上，隽芝小憩片刻，结果还是做梦了。

梦见已经怀孕，越长越胖，越变越钝，渐渐迷失本性，终日只能躺床上，嘴巴呵呵作声，不能言语。

易沛充仍然待她很好，照顾她起居饮食，替她沐浴，维持清洁。

---

[1] 即巴厘岛。

唐隽芝在梦中变成一只猪，被困斗室，动弹不得，似卡夫卡小说《变形记》中主角，她心头还是明白清醒的，怀孕足月后，诞下雪白可爱的孩子，像足易沛充。

父子俩非常恩爱，时常进房来探访隽芝，他已有一两岁，会说话，会关心母亲，有时会指出："她左眼有些红肿，要给她涂药。"

他搂着父亲脖子，让父亲抱在怀中，隽芝见了，心中宽慰。

但是，父子再也没有带隽芝出去过。

隽芝自梦中惊醒，大叫："Metamorphoss！"

连前座乘客都忍不住转过头来注视这神经过敏的女子。

易沛充早已知道唐隽芝擅长做各式各样噩梦，见怪不怪，拍拍她肩膀算数。

可怜，隽芝捏一把汗，原来她是那么悸惧怀孕，上帝呵，她学耶稣在客西马尼园中祈祷，可否把这苦杯除去。

易沛充轻轻问："这次又是什么？"

"我梦见我变成一只猪。"

"那多好。"易沛充一贯幽默。

"所有孕妇都肥肿蹒跚笨钝一如猪猡。"

"事情并非必定如此，我对你有信心。"

"真恐怖，这真是女性的生关死劫。"隽芝掩住面孔。

"隽芝，对于过五关斩六将，你的经验不会少。"

真的，大学时期，每年年终考试，站在试场外，她都踌躇，同自己说：这样辛苦，何必证明什么，大学不毕业，也不见得有谁会拿机枪扫她，不如退缩回家享福，若干年后，笑嘻嘻曰：我不喜欢念大学。

可是挣扎半晌，她还是进去了，且考得好分数，一个人该做的事总该去做，她得到的并不比付出的多。

性格上来说，唐隽芝是标准顺民，抑或她已看出，做一个不平凡的人，代价太过高昂，折中一下，就让她做一个比较特别的普通人吧。

"按部就班，慢慢来。"沛充悠然。

他知道已经找到背黑锅的理想人选，心头一松，不由得打个哈欠。

隽芝开始真正了解到筱芝与翠芝历年来的肺腑之言。

她沉默半晌，叹口气，噤声。

往峇里的飞机上没有婴儿，乘客乐得清静。

易沛充睡着了，隽芝打赌他没有梦。

隽芝错，沛充在梦中只看见他自己在做梦，没有内容，这是一切有福气的人做的梦。

所有的儿童都应当像易沛充，健康、乐观、光明、知足，一点也不过分聪明，安守本分。

他确是一个结婚生子的好对象。

他俩共同享用了一个非常快乐的假期，开心得隽芝在心中想：即使没有孩子，我们得到的，相信也远远比其他人多，也不应有什么遗憾。

她没有后悔结婚。

与沛充客气得不像一对夫妇，"让我来让我来""谢谢""麻烦你了""不敢当"变为常用语。

两个人很少很少谈到钱这个最伤感情的问题，蜜月返来，沛充问过一次："要不要我付家用？"

对隽芝来说，这是一个崭新的名词，她自稿纸中抬起头来，半响才说："等有家时，才付家用吧。"家在外文中，表示抚育孩子之意。

沛充已把一部分衣物搬过来她处，但是两人始终找不到一处理想宽大近市区的住所，只得两边走，生活习惯奇突。

隽芝仍是妇科医生常客。

莫若茜退休在家，一有空便殷殷垂询："有没有好消息？"

隽芝早已不生她的气，只会苦苦哀求："姐姐，请别给我压力。"

"加把力气，我这个老姐都没问题，你应当有前途。"

一天，半夜，隽芝忽然被客厅里一点声音惊醒。

"沛充？"她随即听到丈夫在邻房的鼻鼾声。

隽芝咳嗽一声，披件外套，下床查视究竟。

客厅没有开灯，但角落有温柔明亮的月光照明。

有一个妇人坐在沙发上。

"母亲，"隽芝喊出来，"母亲！"

妇人转过头来，脸上笑容皎洁明亮可亲，"隽芝"。

她手中分明抱着一个婴儿。

母亲看上去比隽芝还要年轻。

婴儿是谁，是隽芝本人吗?

她探过头去。

"隽芝来看看你的女儿。"

"我的女儿?"隽芝大奇，"是囡囡吗?"

"是，是可爱的囡囡，隽芝，我真替你高兴，你终于有自己的孩子了，你孤苦的岁月已告结束。"

"母亲，我一直想生的是男孩子。"隽芝忽然说出心事。

隽芝的母亲一怔。

"同一般人重男轻女大有分别，我老觉得男人易做。"

"做一个好男人也不容易。"

"妈妈你见过多少好男人?"隽芝微笑。

"沛充不错呀。"

"妈妈你喜欢易沛充?"隽芝大悦。

就在这时候，母亲怀中小小的囡囡忽然蠕动，张大嘴，打一个哈欠，惹得母女两人笑起来。

隽芝忍不住伏到母亲膝盖上。"妈妈，你不怪责我?"

"我怎么会怪你?"

"因我的缘故……"

"隽芝,不要再内疚了,现在你已是囡囡母亲,你应明白我的心意。"

隽芝开始饮泣。

客厅的顶灯啪一声开亮,"隽芝,"沛充蒙眬地走出来,"你在干什么,当心着凉,我听见谈话声,还以为忘记关电视机。"

他过来扶起隽芝。

只得隽芝一个人伏在沙发上,脸上有泪痕。

他轻轻安抚她:"婚姻生活令你紧张?"

"是,"隽芝只得说,"有苦无人知,只得深夜哭泣。"

"反正睡不着,不如把前因后果通通告诉我。"

又过两个月,隽芝把好消息告诉莫若茜。

老莫的反应如预期中一般热烈,多休息,她说,多吃,多笑,但是"千万不要看育婴宝鉴,吓坏人"。

"我已经遵尊嘱看了不少。"隽芝抗议。

"忘记一切。"

隽芝说:"我想把虐儿一千零一妙方停掉。"

"开玩笑,我期期都拜读。"

"实在无以为继。"

"每次同洪霓开会，他说的也都是这句话。"

"你鼓励我？但你自己又停了工。"

"小姐，完全游手好闲，不一定是福分，两三年后，我也考虑复出。"

"你不同，你是有了成就才退休的，我，我一事无成。"

"把虐儿写完再说。"

隽芝试探问："将来孩子看到了，会不会反感？"

老莫慨叹："已经担起这种心事来了，不怕不怕，孩子可以创作虐母一千零一妙方，我替他刊登。"

"对，"隽芝说，"很公平。"

"你俩找到房子搬没有？"

"真服了你们贤伉俪。"

"我两个姐姐也这么说。"隽芝咯咯地笑。

"你们想找什么样的房子？"

什么样的房子？

问得好。

在郊外，一大片农庄草原，一条小路，通出去蓝天白云，可以带着囡囡散步，走得累了，躺下来，吃点东西，母女调笑一会子，再开步走。

远些，是一座悬崖，俯视，可以看到白头浪拍向岸边。

岸上，有一座灯塔。

有力气的话，她与女儿会慢慢攀上石阶，去探访看守灯塔的人。

一定有这样的地方，一定找得到。

隽芝脸上露出一个温柔的笑。

"隽芝，隽芝，你的精神游到什么地方去了？"

隽芝连忙回到现实世界来。

老莫忽然感慨地说："隽芝，你说我们可有走出老框框？"

隽芝拍拍老友肩膀："怎么没有，早已飞出十万光年。"

"有吗？"老莫振作起来。

"此刻我们所作所为，都是为着自己，你想想，从前可以办得到吗？"老莫微笑。

"来，老莫，让我们研究一下，未生儿叫什么名字。"

"你还未知是男是女。"

"是女。"

"谁说的。"

"我说的。"

"别把自己当上帝。"

"写作人都有些毛病，你应当比谁都了解。"

图书在版编目（CIP）数据

一千零一妙方 / （加）亦舒著 . —长沙：湖南文艺
出版社，2018.8
ISBN 978-7-5404-8778-2

Ⅰ . ①一… Ⅱ . ①亦… Ⅲ . ①长篇小说—加拿大—现
代 Ⅳ . ① I711.45

中国版本图书馆 CIP 数据核字（2018）第 138710 号

上架建议：畅销·小说

YIQIAN LING YI MIAOFANG
一千零一妙方

作　　者：[加]亦舒
出 版 人：曾赛丰
责任编辑：薛　健　刘诗哲
监　　制：毛闽峰　李　娜　刘　霁
策划编辑：李　颖　沈可成　杨　祎　雷清清　马玉瑾
文案编辑：王　静
营销编辑：杨　帆　周怡文　刘　珣
封面设计：张丽娜
版式设计：李　洁
出版发行：湖南文艺出版社
　　　　　（长沙市雨花区东二环一段 508 号　邮编：410014）
网　　址：www.hnwy.net
印　　刷：北京天宇万达印刷有限公司
经　　销：新华书店
开　　本：775mm × 1120mm　1/32
字　　数：133 千字
印　　张：8.5
版　　次：2018 年 8 月第 1 版
印　　次：2018 年 8 月第 1 次印刷
书　　号：ISBN 978-7-5404-8778-2
定　　价：43.80 元

若有质量问题，请致电质量监督电话：010-59096394
团购电话：010-59320018